眠り王子の抱き枕

Yumeno & Suguru

玉紀 直

Nao Tamaki

EB
エタニティ文庫

目次

眠り王子の抱き枕

プロローグ

いったいどうしてこんなことになっているのだろう……

仮眠室のベッドに横たわったまま、夢乃《ゆめの》は緊張で身を固める。

動けない。いや、動いてはいけない状況なのだ。

夢乃がちょっとでも身動きすれば、彼女を抱きしめて寝息を立てている人物を起こしてしまうかもしれない。

いやむしろ、起きてくれたほうが夢乃にとってはいいのかもしれないが……

（なんでこんなことになってるわけ……？）

心に浮かぶのは疑問ばかりだ。

徹夜で企画書を詰めていた夢乃は、始業時刻まで休もうと同じフロアの仮眠室へやってきた。簡易ベッドのひとつに潜《もぐ》り込み、付属の目覚まし時計を一時間半後にセットしたのは覚えている。

それが、ふと目を覚ましてみると、同じベッドに自分を抱きしめて眠る男性がいたのだ。

一瞬にして眠気が吹き飛んだのは言うまでもない。それ以上に驚いたのは――

（どうしてここに副社長⁉）

同じベッドで眠っているのは、夢乃の勤める会社の副社長――蔵光優《くらみつすぐる》だった。

三十一歳の若き副社長は、社内でも有名な美丈夫《びじょうぶ》で、多くの女性社員が憧れている男性だ。かくいう夢乃も、その一人である。

だからこそ、わからない。

なぜ、彼が夢乃に抱きついて眠っているのだろう。

（ま……まさか……、なにかやましい考えが……っ‼）

不意に頭に浮かんだ可能性に、ぎくりと身を強張《こわば》らせる。それじゃなくたってベッドの中で男性に抱きつかれるなんて経験は、二十五年間生きてきて初めてのことなのだ。

焦る気持ちを抑えつつ、夢乃は相手を起こさないようそっと副社長の顔を窺《うかが》い見た。

そこには、安らかな顔で寝息を立てている副社長の姿。それはもう起こすのが忍びないほどの安眠ぶりである。

一瞬で貞操の危機を否定した夢乃だったが、今の状況が変わったわけではない。

（うう……タイマーまだ鳴らないのかな）

すっかり目が覚めてしまった夢乃は、まんじりともせずただ副社長の目覚めを待つのだった。

第一章

(びっくりした! 本当にビックリしたぁ!!)

長谷川《はせがわ》夢乃は勢いよく飛沫《しぶき》を飛ばしながら、化粧室の手洗い場で顔を洗う。

水の冷たさが気持ちいい。

先程までの気恥ずかしさを洗い流すように、何十回目かの水を顔に浴びせた。

肩で息をしながら顔を上げると、鏡には、頬を赤くした自分の顔が映っている。

勢いよく顔を洗ったため、顔どころか前髪やサイドに垂らした髪も濡れ、雫《しずく》がぽたぽたとブラウスを湿らせていた。

始業時刻前に化粧を直すのはもちろんだが、どうやら着替えも必要らしい。

夢乃は、目を閉じてハァっと大きく息を吐く。

——胸の鼓動が、まだ治まってくれない。

(落ち着かなくちゃ……落ち着け……)

自分に言い聞かせるように何度も繰り返す。だが……

「落ち着けるわけなんかないじゃない……」

ポロリと本音を呟《つぶや》き、鏡の中の夢乃が情けない顔をする。

「なんなの……副社長……」

頭の中に先程の出来事がよみがえる。同時に副社長にベッドの中で抱きしめられていた感触まで思い出してしまい、身体が震えた。

——ここ、株式会社ナチュラルスリーパーは、自社独自の寝具を企画開発、製造、販売する会社だ。全国主要都市に支店を持ち、自社店舗も展開している。

二年前、ナチュラルスリーパーの本社に配属された夢乃は、以来ずっと企画開発課に籍を置いていた。企画開発課のある六階のフロアには、仮眠室がある。

仮眠室といっても、徹夜で働いた社員が仮眠をとる場所……という意味ではなく、新商品や試作品を試したり研究したりするのに使用する場所である。

つまり、『仮眠室』でなく、『試眠室』といったほうが正しいだろう。六階の他にも、三ヶ所設置されていた。

そうはいっても、夢乃のように白熱したミーティングのあと、ハイテンションのまま仕事をして夜を明かしてしまった社員などが、仮眠のために使うことも稀《まれ》にある。

その稀《まれ》な機会に、ハプニングが起こったのだった。

副社長に抱きしめられたまま、夢乃は一時間はジッとしていたような気がする。

プライベートで男性とつきあったことのない夢乃は、この状態で平気で眠るなんて強い精神は持ち合わせていない。おかげで、休むどころではなくなってしまった。

――まあ、そのあいだ、副社長の寝顔に見惚《みと》れていたのだが……

副社長は、その洗練された物腰と整った容姿が人気の男性だ。

――そんな彼の寝顔は、なんと穏やかで無防備なことか……

仕事中は怖いほどの威圧感があるというのに、眠っているときは思わず守ってあげたくなるような雰囲気を醸《かも》し出していた。

不覚にも一瞬「かわいい」と思ってしまったくらいだ。

（イケメンは寝ててもイケメン……ってこと……？）

緊張で石のように固まった夢乃は、気を紛《まぎ》らわせようと心でおどけてみせる。

そうしているうちに、副社長――蔵光優が目を覚ましたのである。

「あれ……、君は……」

うっすらと開いた双眸《そうぼう》が夢乃を見る。その瞬間、固まっていた背筋がピンっと伸びた。

「あの……、わたし……」

「たしか、企画開発課の……長谷川さん、だったな……」

夢乃は驚いて目を見開いた。確かに昨日、新商品の企画の件で直々《じきじき》に激励してもらったが、それもほんの数分だけだ。まさか、副社長が自分の顔を覚えてくれているとは思わなかった。

「ここで、なにをしている?」

「なにを、って……あの……」

夢乃は言葉に困る。どちらかといえば、なにをしている、は夢乃が言いたいセリフだった。

「えーと……、少し仮眠を取ろうかと思って……」

「眠れたのか?」

「そっ……それなりに」

この状況で眠れるわけがないでしょうと心の中で叫びつつ、当たり障《さわ》りのない答えを口にする。

だが、今まで以上に夢乃の心臓はドキドキと暴れ回っていた。

目を覚ましたというのに、副社長は一向に夢乃から手を離してくれないのだ。かといって、夢乃から離してくださいと言っていいものなのだろうか。

「眠れた……って顔はしていないな」

クスリと笑われ、咄嗟《とっさ》に言葉が出てこない。

誰のせいだと思っているんですか!　という気持ちより、そんなに酷い顔をしているのだろうかと、そっちのほうがショックだった。

「あ～、よく寝た……」

そう言って、副社長が身体を起こす。やっと腕の中から解放された夢乃は、安堵でぐったりと頽《くずお》れてしまう。

「久々に……寝た、って気がする……」

片手を額《ひたい》にあて目を細める様子は、はたから見ればとても素敵な表情だと思う。だが、夢乃はそれより彼の言葉のほうが気になった。

（久々に？　寝た？　って、なに……）

夢乃が寝るときにかけたアラームはまだ鳴っていない。副社長がいつここへ来たのかは知らないが、夢乃が寝入ってからだとすると、まだ一時間半も経っていないはずだ。

「すまなかったな」

「え？」

いきなり謝られ、夢乃は慌てて身体を起こす。

「正直なところ、仮眠室に誰かがいるとは思わなかったんだ。朦朧《もうろう》としたままベッドに倒れ込んで、無意識に手元にあったものを引き寄せたから、てっきり枕だと思っていた」

「……枕……ですか」

ついつい乾いた笑いが漏《も》れる。

無意識で抱き枕にされていたなんて、一人でドキドキしていたのが馬鹿みたいだ。それなのに鼓動はいまだスキップしているかのようにリズムを刻んでいる。

「はは……だ、抱き枕はお役に立てましたか？」

思わず皮肉っぽい言葉が口から出てしまう。しかし副社長は、満足げに笑顔を見せた。

「ああ、君の抱き心地は最高だった！」

「抱きっ……！」

夢乃はギョッとして目を白黒させる。

夢乃の様子から、おかしな意味に取ったと気づいた副社長がクスリと笑った。

「……抱き枕として、だが？」

「わっ、わかってますっ」

「重役用の仮眠室でも自分の執務室でも眠れなかった。だがここでは眠れた。それを考えれば『抱き心地が最高』と言いたくなる」

「そ、そうですか……」

それにしたって、すごく誤解を招きそうな言い回しである。

そのとき、仮眠室用目覚ましのアラームが鳴りだした。急いで手を伸ばして止めているあいだに、副社長がベッドから下りる。

彼はスーツの上着を羽織りながら大きく息を吐いた。

「悪かったな、君の仮眠の邪魔をしてしまって」

「い、いいえ、そんな、とんでもないっ」

夢乃は目覚まし時計を持ったまま、慌てて胸の前で両手を振る。

本来なら笑って流せる事態ではないのだが、イケメンに申し訳なさそうに謝られると、なぜかこっちが悪いことをしてしまったような気持ちになる。

「ふ、副社長は会社にとって大切な方です。こんな枕で少しでもゆっくり眠れたなら、よかったです」

その気持ちに嘘はない。抱き枕にされたことはおおいに戸惑うが、ひとまずそれは深く考えないことにした。

にっこり笑ってそう口にした夢乃に、副社長はネクタイを直す手を止め、なぜかちょっと驚いた顔で見てくる。

その視線に、なにかおかしなことを言っただろうかとドキリとする。だが次の瞬間、彼はぷっと噴き出した。

「いい枕だった。ありがとう」

嬉しそうな、でもどこか照れくさそうな微笑みに、夢乃はぽわっと頬が温かくなるのを感じた。副社長のこんな表情を見られて役得だと思いつつも、高鳴りを増す鼓動を持て余してしまう。

「いいえ、そんなっ、こ、こんな、つまらないものでよろしければ、いつでもお声をかけてくださいっ」

動揺のあまり、咄嗟《とっさ》にそう言ってから、しまったと思う。

しかし副社長は、機嫌よく微笑んだまま軽く片手をあげ仮眠室を出ていったのである……。

――あれはさすがに、調子に乗ったかもしれない。

(いつでも抱き枕になりますよーって言ったも同然だもんね)

先程の自分の発言を思い返し、にわかに羞恥心《しゅうちしん》が騒ぎだす。

大きな溜息とともに、夢乃は洗面台の前で頭を抱える。せっかく水で冷やした頬が再び熱を持ち始めるのを感じて、夢乃は足早に化粧室を出た。

気持ちを切り替え、そのまま斜め向かいにある給湯室へ向かう。

んーっ、と大きな伸びをしながら給湯室へ入っていくと、寝不足の頭に響く大きな声が聞こえた。

「夢乃ちゃん、お疲れー。仮眠してたんだって？　ゆっくり休めた？」

給湯室の中には、一年先輩の村上梓《むらかみあずさ》がいた。同じ企画開発課で、所属するチームは違えど、いろいろと世話を焼いてくれる超フレンドリーな先輩だ。しかし、今日ばかりは彼女の高い声がきつく感じる。

シンクから離れて夢乃の前までやってきた梓は、顔を見るなりハッと表情を改めた。

「眠れなかったの？」

「どうしてそう思うんですか？」

「だって……、なんだか血走った顔してるもん。着替えもしてないしメイクもしてない。どしたの？　ミーティングの興奮が消えない？」

血走った目をしている、ならわかるが、血走った顔とはどんな顔だろう。

そんなことを疑問に思いつつ、夢乃は両手で自分の頬をべしべしと叩いた。

「眠れなかったけど大丈夫です。神経が昂《たかぶ》っているんで、今日はこのテンションで仕事しますよ！」

「張り切ってるねー。やっぱ、副社長から直々《じきじき》に褒《ほ》められたのがきいてるのかな」

副社長。その言葉に、夢乃の鼓動は大きく跳ね上がる。治まりかけていたドキドキが復活しそうだ。

そんな自分を落ち着かせるため、夢乃は深呼吸をして食器棚に向かった。

「そうですね～、あんなこと初めてだったし、張り切っちゃいます。新商品の企画、無茶苦茶頑張りますよっ」

「今回は、枕《ピロー》チームの大仕事だもんね」

「はいっ」

夢乃がいる企画開発課のピローチームは、半年前に副社長直々《じきじき》に新商品立案を指示されていた。出された企画は絞りに絞られ、最終的に選ばれた企画が来月六月末に行《おこな》われる社内プレゼンの権利を得るのだ。

そろそろどの企画が選ばれるか決まるころだろう。決まれば、あとはチーム一丸となってプレゼンまでにその企画を商品として詰めていくのみだ。

「とりあえず、コーヒーでも飲んで、しゃっきりします」

「ああ、そうそう、主任がコンビニでサンドイッチとコーヒーを買ってきてくれたみたいよ？　お金出したのは課長みたいだけど、ピローチームみんなにだから、夢乃ちゃんのデスクにも置いてあるからね」

「ほんとですか？　嬉しい〜。でも、それとは別に、こう……五臓六腑《ごぞうろっぷ》に沁《し》み渡るような苦いコーヒーが飲みたい気分なんです」

「もー、そんなのばっか飲んでー。胃が悪くなるよー？」

少々呆れた梓の声を聞きながら、夢乃はコーヒーの用意を始める。フィルターに多めのコーヒーの粉を入れ、ケトルでお湯を注《そそ》いでいった。

コーヒーが落ちるのを待ちながら、何気なく腕時計を確認すればまだ八時。

始業時刻は九時なので、給湯室でひと息ついてから身支度を整えても、サンドイッチをつまむ時間はあるだろう。

特別濃いめに淹《い》れたコーヒーには、砂糖もミルクも入っていない。

「にがっ……」

当然、眉間《みけん》に皺《しわ》が寄るほどの苦さだ。

でも、目的は美味《おい》しいコーヒーを飲むことではなく、脳と身体にちょっとした刺激を与えることなので、このくらいがちょうどいい。とはいえ、……梓が言ったように、あまり健康的な方法でないことは承知している。

夢乃は苦いコーヒーをすべて飲み干し、ほっと息を吐きながらカップを置く。パンパンと両手で頬を叩き、「よしっ！」と気合を入れた。

そうして振り返ると、梓がお茶を煎《い》れる用意をしていた。

「梓さん、それって苦～いお茶ですか？」

「まさかー。夢乃ちゃんみたいにM《エム》っ気のある目の覚ましかたはしません。それに、これは課長のよ」

「そうですか……。って、なんですか、M《エム》っ気って！」

「自分をいじめて目を覚ますとか、ありえないよー」

「そこまで大げさなものじゃないですよ」

梓が笑いながら夢乃が使っていたケトルを手に取り、急須にお湯を注《そそ》いだ。

「そういえば課長がさ、今日、仕事が終わったら飲みに連れていってくれるって言ってたけど、夢乃ちゃんどうする？」

「今日ですか？　どうしようかな……、連れていってもらえるのはすっごく嬉しいんですけど……。眠くならなかったら行こうかな」

今は寝不足からくる興奮状態で目が冴えているが、定時以降もこの状態が維持できるかというとかなり微妙だ。

「うんうん、夢乃ちゃんはそうだよね。お給料日だから課長の気前がよくなっているのは嬉しいけど、ピロー開発チームは昨日遅くまでミーティングしてたみたいじゃない。タイミングが悪いよねぇ」

「お給料日……」

梓のその一言で、夢乃は大切なことを思いだした。

「夢乃ちゃん、お昼休みに仮眠とったら？　それで元気になったら飲みに……」

「昼休みに仮眠をとる暇は……ないかなぁ……」

「え、なにか急ぎの仕事？　もしわたしで代われるなら代わるよ」

梓は寝不足の夢乃を心配してくれているのだろう。自分の仕事もあるだろうに、そんなことを言ってくれる。

「違うんです。仕事じゃなくて、アパートのお家賃を入金してこなくちゃいけなくて。ついでに、現金も下ろしてきたいし……」

「あー、毎月の家賃が銀行振込みなんだっけ。なかなか手間だね。現金も下ろしに行くなら、入金を代わるわけにはいかないかぁ」

梓の心遣いをありがたく思いながら、夢乃はゆすいだカップに余ったお茶を注《つ》いでもらい、それを一気にあおる。そして、夢乃は梓に向かって親指を立てた。

「ありがとうございます。大丈夫です。あと、奢《おご》りは一人暮らしに魅力的なので、カフェインで目を覚まして絶対参加しますよ」

笑顔でちゃっかりそう宣言すると、梓も笑って親指を立てた。

仕事に入り午前中はなんとか気合で乗りきったものの、ときどき不意に襲ってくる眠気には不安が募《つの》る。

お昼休みの用事をできるだけスピーディーに済ませれば三十分くらい仮眠ができるのではないだろうか。そう考えた夢乃はお昼になったと同時に席を立ち、一番の目的である銀行へ走った。

だが到着した瞬間、彼女の仮眠計画はもろくも崩れ去る。

多くの会社がお給料日である今日、数台のＡＴＭ機の前には長蛇の列ができていたのだ。

（駄目だ……こりゃ）

自分の考えの浅はかさに苦笑いを漏《も》らしつつ、列の最後尾につく。仮眠どころかコンビニでお昼ご飯を買って会社に戻るくらいが関の山だろう。

ATMコーナーで家賃の振り込みと現金の引き出しを終えたところで、突然スマホの着信音が響く。夢乃はドキッとして思わず手にしていたクラッチバッグを胸に抱いた。通話を咎《とが》められる場所ではないにしても、なんとなく気まずい気持ちにさせられるのは確かだ。

夢乃は急いでキャッシュカードと入金明細書をATM機から引っこ抜く。

今日の銀行は人で溢《あふ》れている。夢乃は少しでも着信音が響かないよう、スマホが入ったバッグを胸に強く抱いて銀行を出た。

「もう、今出るってば」

いつまでも鳴り続ける着信に文句を言いながら、スマホを取り出し応答する。急ぐあまり、相手を確認するのを忘れてしまった。

『夢乃、出るのが遅い』

少し苛々した声だ。つい、こちらの状況も考えてよと文句を言いたくなる。

『どうした？　昼休みまでこき使われてるのか？　もしかして、昼飯を食べる時間ももらえないのか？　酷いな。辞めてしまえ、そんな会社っ』

「ちょっ……待って、待ってよ、お兄ちゃんっ」

一方的にまくし立てられ、夢乃はまた始まったと思いながら、兄――慎一郎《しんいちろう》の言葉を止めに入る。

「違うよ、銀行のATMにいたの。これでも、急いで電話に出たんだよ？」

『ATM？　ああ、今日は給料日か。わざわざ混んでる銀行に行かなくても、帰りにコンビニで下ろせばいいだろう』

「お家賃の振込みがあったの。最近仕事が忙しいから、気がついたときにやっておかないと忘れちゃうし」

『いつまでたっても引き落としにしてくれない大家のか。そんな所やめて、俺のマンションに引っ越してこい。部屋も余ってるんだから』

「に、二十五歳にもなって、お兄ちゃんと暮らしてるとか、……恥ずかしいよっ」

『なにが恥ずかしいか、馬鹿者。かわいい妹を心配してるだけだろう』

「調子いいなぁ、もう」

『大学のときは一緒に住んでたろう』

「二年間だけじゃない」

大学入学後、最初の二年間は兄のマンションで一緒に生活していた。なんといっても大学から近かったからだ。しかし三年生になるころ、慎一郎の海外赴任が決まったため、夢乃はマンションを出て実家住まいに戻った。

「それに、お兄ちゃんのマンションは会社から遠いしね」

軽い調子で話してはいるが、慎一郎が言っているのが決して冗談ではないこともわかっている。

七歳年上の慎一郎は、年の離れた妹をいつも気にかけてくれていた。昔から、すごく妹思いの兄なのである。

こうしてちょくちょく電話をかけてくるのも、一人暮らしをしている夢乃を心配してなのだ。

……ただ、それだけではないことも、夢乃にはわかっていた。

「お兄ちゃんは？　ご飯は食べたの？　お兄ちゃんこそ、缶コーヒー一本で済ませた、とかじゃないでしょうね？」

『俺はこれから会食だ。昼間っからフランス料理らしいぞ』

「うわーっ、羨《うらや》ましいー。あ、でも、今は無理だなぁ……寝不足でフレンチなんてすぐ胸焼けしちゃいそう」

『寝不足？　ゲームでもしていたのか？』

「ミーティングが白熱しちゃってね。昨夜は会社で徹夜……」

『社員を会社に泊まりこませるなんてとんでもない！　今すぐ辞めてしまえ!!』

電話口で怒鳴られて、夢乃はハッとする。これは失言だったかもしれない。

慎一郎は事あるごとに夢乃に「辞めてしまえ」と言ってくる。

その理由は、ただひとつ……

「もう、お兄ちゃん、いくらライバル会社だからってそんなふうに悪く言わないでよ」

『おまえがナチュラルスリーパーなんかに入社するからだろう。今すぐ辞めてうちの会社にこいっ。今なら人事に手を回してやる』

「やだよっ。そんなコネ入社みたいなことっ」

『ああぁっ、二年前、俺が日本にいなかったばっかりにぃぃっ』

「もういいよ、それ……」

兄のこの言葉を、これまで何度聞いたことだろう。

慎一郎が勤める株式会社綿福《めんふく》は、寝具メーカーの大手企業だ。

夢乃の勤めるナチュラルスリーパーとは、ライバル関係にある。

実のところ、夢乃は就活の際、綿福にエントリーしていたのだ。だが、内定をもらうことができなかった。しかし同時に受けていたナチュラルスリーパーからは内定をもらったのだ。

兄の会社のライバル社だという認識はあったが、内定をもらえるなら選《え》り好みしていられないというのが本音である。

実際に入ってみれば会社の雰囲気もいいし、待遇に不満もない。夢乃はナチュラルスリーパーが好きだった。

しかし妹が入社したことが、慎一郎のナチュラルスリーパー嫌いに火を点《つ》けた。

海外赴任中だった自分が日本にいれば……いや、部長となった今なら、人事部で出世した同僚に口添えできるからと、事あるごとに兄は言ってくるのだ。

（お兄ちゃんには、最初、綿福にもエントリーしていたと言ってなかったから……、悔しかったのかもしれないけど）

意地悪で言わなかったのではなく、内定がもらえたときに「お兄ちゃんの会社に入るからね！」と言って、驚かせようと思っていたのだ。

妹なりのかわいい思惑。しかし、それが逆効果になってしまった。

「ライバル会社を毛嫌いする気持ちはわかるけどさ、妹が頑張ってるんだから」

『おまえが頑張ったところでなにか大きく変わるもんでもないんだから。あまり無理するなよ』

慎一郎の言葉を聞いた瞬間、チクリ……と、胸に痛みが走った。

兄は心配してくれているだけだ。わかっているが、素直に感謝できない自分がいる。

頑張っていると口でアピールしても、実際結果には結びつかず実績らしきものもない。

エリートの兄には、それが無駄な頑張りに見えているのではないか。

どうせ無駄なら、夢乃が無理をする必要はないのに、と。

夢乃は夢乃なりに頑張っているが、兄にはそれが伝わらない……

『……おい、夢乃！　急に無言になってどうした？』

慎一郎の声にハッとする。考え込むあまり、つい黙り込んでしまった。

「……ううん、なんでもない。そんなことより、妹が頑張ってると思うなら、今度ご飯でも食べに連れてってよ。ね？　お兄ちゃんっ」

わざと意識して、甘えるようにかわいらしく言う。その直後、一瞬黙った慎一郎だったが、すぐにコホンと咳払いをして、妹を食事に連れていくことを承諾したのだった。

翌日。昨日は、根性で一日の仕事を終え、課長持ちの飲み会にもしっかり参加した。そのまま、いい気分で帰宅し眠りについたのだ。

おまけに今日は、夜勤扱いになったミーティング分の半休で、朝はゆっくり寝ていられる。

ナチュラルスリーパーは、業務の関係上、夜勤が認められている。だが、翌日か翌々日には必ずその分の半休がもらえるのだ。

夢乃は、目覚ましをいつもより大幅に遅らせてセットし、今朝はのんびりとお布団の中の住人を決めこむことにしていた。

しかし、突如部屋に響き渡ったドアチャイムの音が彼女の眠りを妨げた。

（誰よ……、こんな早くから）

不満いっぱいに枕元の時計を見ると、普段なら出勤準備をしている時刻。なので、本来ならば、それほど早くから……ではない。

この時間ではさすがに居留守を使うこともできず、夢乃はもそもそと起き出しインターフォンを取った。

「はい……どちら様ですか……」

『おはよう、長谷川さん。管理人の大屋《おおや》です』

「あっ、おはようございます」

何度聞いても、管理人で〝おおや〟という名前に突っこみを入れたくなりながら、夢乃は挨拶《あいさつ》を返す。

『出勤前にすいませんね。ちょっと確認をしたいだけなので、出てこなくてもいいですよ』

普段は話しかたも雰囲気もおっとりとした老婦人なのだが、今日はなんとなく口調が荒い。荒いと感じるのは、いつもより早口で慌てている様子が窺《うかが》えるからだろうか。

『長谷川さん、今週末は何の日か、わかってますよね？』

なにかあっただろうか。管理人がわざわざ確認に来るということはアパートか町内会に関係したことか。

ゴミ置き場でも変更されるのかな、とぼんやり考えていると、衝撃の一言が聞こえてきた。

『アパートの取り壊しが始まる日ですけど、部屋を出る準備はできてます?』

「……は……?」

取り壊し……とは、なんのことだろう。夢乃にとっては寝耳に水だ。

『昨日、長谷川さんから家賃の振込みがあって、驚いたんですよ。他の人はもうほとんど出て行ってくれてるけど、長谷川さんはちっとも引っ越しの準備をしている気配がないと思って。……いえ、粗大ごみも出ていないし、なんの連絡もないんでそう思っただけなんですけどね。……でも、……ちゃんと準備はできていますよね?』

最後はまるで探るような口調だった。対する夢乃は言葉も出ない。

これは、つまりアパートを取り壊すから部屋を出ていけ、ということなのだろう。

「あ、あの……すみませんけど……、それ、いつ決まったんですか……? わたし、まったくの初耳で……」

寝起きで乱れた髪を掻き回しながら、夢乃はインターフォンにかじりつく。

聞いてない聞いてないそんな話！　と大声で叫びたい気分だ。状況を認識するに従い、どんどん焦ってくる。

それは、管理人も同じらしかった。夢乃が退去準備をしていないどころか、アパートの取り壊しも知らなかったと知れば当然だろう。それを裏付けるように、インターフォンから聞こえる声が急に大きくなった。

『半年くらい前から掲示板にお知らせの紙を貼っていたでしょう。それに、郵便受けにも、知り合いの不動産屋さんに頼んで部屋の斡旋《あっせん》もします、って案内を入れていたわよね』

「半年くらい前……」

そのころは確か、夢乃が所属するピローチームが大型案件用の企画を副社長から任されて忙しくなったころだ。

チームではそれぞれが企画を提出し、社内プレゼンにかけるものを検討していくことになった。

毎日のミーティングや企画立案、リサーチとデータ収集に、熱の入ったディスカッションが続き、朝から晩まで奔走していた。とにかく忙しかったことしか覚えていない。

悪いが掲示板など目に入っていなかった。

それに郵便受けに案内の紙を入れておいたと言われても、明らかに必要とわかる封書以外はダイレクトメールだと思って、ほとんど確認もせずに捨てていた。

その中に、取り壊しに関するお知らせが入っていたらしい。

アパートの住人が引っ越していたことにも気づけなかった。それじゃなくてもそれほど交流はない。朝早く出社して夜遅く帰宅する生活を続けていれば昼間の引っ越しに気づけるはずもない。

サーっと一気に血の気が引いた。のんきに半休の幸せに浸《ひた》っている場合ではない。

『土曜日には業者さんが入りますからね。それまでに……』

「土曜日……！」

今日はいったい何曜日だったか。混乱する頭で考える。

（水曜日だ。土曜日には部屋を出ていなくてはならないということは、金曜日には引っ越しを済ませなくてはならないということで……無理っ！）

すぐに答えは弾き出される。今日を含めて、実質たったの三日でどうしろというのだ。部屋を探して引っ越す準備をして……すぐに部屋が見つかるかわからないうえ、引っ越し業者だって都合よく手配できるかもわからない。

なにより、仕事が忙しくてそんなことに時間を割《さ》いている暇はない……

「す、すみません……、あの、もう少し、あと一週間、いや、五日でいいんで、部屋を出るのを待ってもらえませんか！」

もう少し、もう少し時間があれば。夢乃は必死になって頼み込むが、大屋の考えは変わらない。

『困りますよ。土曜日に業者さんが入るって言ったでしょう。あなた一人の都合でそれを延ばすことなんかできませんよ』

……まったくもって、ごもっとも……である。

『お知らせは随分前からしてあったし、それを見落としたのは長谷川さんの落ち度でしょう。悪いけど、よろしくお願いしますね。早々に部屋を出てくださいね』

情状酌量《じょうじょうしゃくりょう》の余地はないとばかりに言い捨て、大屋は部屋の前から立ち去っていった。

……なんということだろう。

あまりのことに、がっくりと脱力した夢乃はインターフォンに額《ひたい》を思いっ切り打ちつけてしまったのだった。

頭も痛いが胃も痛い。よく考えすぎると胃に穴が空くというが、胃どころか身体に風穴《かざあな》が空きそうだ。

部屋にいたところで打開案が出てくるわけもなく、それどころか住人の引っ越し作業の音が聞こえてきて精神衛生上よろしくない。どうやら夢乃と同じくまだ残っている住人はいるようだ。

ひとまず静かな場所で落ち着いて考えよう。そう思って部屋を出た夢乃は、気がつくと会社に来ていた。

とぼとぼと向かったのは、六階の仮眠室。

ついさっきまで、午後からゆっくり出社……などと浮かれていた自分が嘘みたいだ。

ここなら静かだし、一人でゆっくり考えられる。それに、始業時刻ギリギリまでいても、すぐにオフィスへ飛んでいけるし。

「……どうしよう……、困ったな……」

仮眠室に入るや否《いな》や、泣きそうな声が出た。このままでは確実に路頭に迷う。

大きな溜息をついて閉めたドアに寄りかかる。

そのとき、目の前のカウチソファーの背もたれから、いきなり男性の顔が現れた。

「長谷川夢乃⁉」

「ひっ……⁉」

大きな声で名前を呼ばれ、驚きのあまり背後のドアに張りつく。薄暗がりに目を凝《こ》らすと、ソファーの背から顔を出しているのは副社長だった。

またこの人は、仮眠室でなにをやっているのだろう。今日も寝る場所を探していたとでもいうのだろうか。

ドアに張りついたまま副社長を凝視していると、彼もまた夢乃をじっと見てくる。そのまま彼は、カウチソファーから下りて近寄ってきた。

目をそらさずにずんずんと歩いてくるので、夢乃も目をそらせない。視線が絡《から》んだまま副社長が目の前に立ち、夢乃を見下ろした。

「なにをしている？　君は今日、半休じゃなかったのか？」

「は、はい……半休のはずだったんですが、ちょっと事情がありまして……」

なぜ副社長は夢乃が半休だと知っているのだろう。いやそれより、なぜこんな切羽詰《せっぱつ》まった顔をしているのだろう。

端整な顔をした男前なだけに、鬼気《きき》迫る顔で寄ってこられると迫力があって怖い。戦《おのの》きのあまり上手《うま》く言葉が出てこない。すると、いきなり強く腕を掴《つか》まれ引き寄せられた。

「まあいい、試したいことがある。ちょっとこい」

「えっ、あ、はい？」

引っ張られるままに簡易ベッドの前まで連れてこられると、いきなり夢乃はそこに押し倒された。

（えええっ!!）

これが驚かずにいられるものか。

いったいなんの冗談なのだろう。いや、いくら冗談でも、問題ありすぎだ。

咄嗟《とっさ》に声を出そうと口を開ける。しかしすぐに隣へ寝転がってきた副社長に抱きしめられた。

(お戯《たわむ》れはいけませんッ、副社長っ!!)

動揺のあまりおかしなことを心で叫ぶ。だが、あまりのことに、金魚のようにぱくぱくと口を動かすだけで言葉が出てこない。

いや驚いている場合じゃない。ここは女性として、はっきりと抵抗の意思を示すべきだろう。

夢乃はあてどなく宙に浮いていた両手で副社長のスーツの背を掴《つか》み、グイッと力いっぱい引っ張った。当然のことながら、それくらいで彼が動くはずもない。何度も繰り返しぐいぐい引き離そうとしてみてもさっぱりだ。

(いやーっ、わたし、経験ないのにっ! こんな無理やりなんてやだよぉ!)

必死に抜け出そうとするも、しっかりと夢乃を抱きしめた副社長の腕はぴくりとも動かない。……そのとき、ふとあることに気づいた。

夢乃は抵抗するのをやめて、おそるおそる副社長に顔を向ける。そして、目をぱちくりさせた。

「……副社……長……?」

彼はしっかりと目を閉じて、安らかな寝息を立てている……。

(もしかして、寝てる……?)

なんと副社長は、夢乃を抱きしめたまま熟睡していたのだ。

押し倒され抱きしめられてから数秒も経っていない。どれほど眠かったのか知らないが、まさかベッドに倒れ込むと同時に眠ってしまったということか。

（……だからって……、どうしてわたしを抱きしめる必要があるわけ……）

確かに昨日、いつでも声をかけてくれと言ったけど……まさか本当に次の日に抱き枕にされるとは思わないじゃないか！

考えようとするが、頭が回らない。昨日同様、早鐘を打つ心臓が思考の邪魔をする。なにより、男性に抱きしめられているというこの状況が夢乃の頭の中を真っ白にした。

（も……もう～、なんなのよぉ……）

泣きたいのか情けないのか困ってるのか、自分のことなのにわからなくなってきた。いや、きっと今の夢乃が感じているのは、その全部だろう。

――カチカチに身体を固めたまま数十分。

夢乃を抱きしめていた副社長の片腕が動いた。同時に顔も動く。どうやら腕時計を確認したらしい。

「……二十分か……。バッチリだな……」

日中に十五分ほど質のいい睡眠をとるだけで、二時間眠ったのと同じ効果があると聞いたことがある。彼の言葉はおそらくそういう意味だろう。

未だ思考停止状態の夢乃は、固まったまま、上半身を起こす副社長を眺める。

そんな夢乃に、彼はとてもいい笑顔を向けてきたのだ。

「思った通りだ。昨日も思ったが、やっぱり君の身体は最高だ!」

「ちょ、ちょっとまずいです、その言いかたっ!」

思わずガバっと起き上がった夢乃を見て、副社長は一瞬不思議そうな顔をしてから苦笑した。

「いい抱き枕だ、って意味なんだが……。そうだな、確かに少々誤解を招く言いかただな」

面と向かって肯定されると、じわじわと頬が熱くなる。恥ずかしさに視線をそらす夢乃に、彼は今さらなことを聞いてきた。

「長谷川さんは、どうしてここに来たんだ? 今日は半休を取っているはずでは?」

「はい……、あ……、よくご存じですね」

そういえば、抱き枕にされる前も同じことを聞かれた。だが、どうしてここにいるのかとは、夢乃のほうが言いたい言葉だ。

「ここにくる前に、企画開発課へ行ったら君はいなかった。ピローチームの半数が今日は半休を取っていると聞いたから、君もそうだろうと思っただけだ」

「あの、わたしに、なにかご用でしたか? もしかして企画の件でしょうか……」

副社長がわざわざ企画開発課に赴《おもむ》くほどの用事とはなんだろうと、にわかに緊張する。思わずベッドの上で正座をしてしまった夢乃だったが、そんな彼女を見て彼は苦笑した。

「仕事が気になるのはわかるが、夜勤明けの半休は社則でも定められている社員の権利だ。きちんと休みなさい。特に睡眠不足はいただけない。仕事にも影響する」

「はい……、すみません……」

半休の予定を無視して出社したことをやんわりと注意されて、しゅんとする。

会社を守る側の人間としては、社員一人ひとりの働きかたが気になるのは当然だろう。

神妙な態度で反省している夢乃に、彼は困ったように笑った。正座をした身体を縮める彼女に反して、副社長はベッドの上に長い脚を伸ばし、くつろいだ体勢だ。

「すまない。別に怒っているわけじゃないんだ。そんな顔をされると、まるで俺がいじめているみたいじゃないか」

「い、いえ、そんな……」

「今のは、長谷川さんが半休と聞いて絶望し、仕方ないと諦めた、俺の愚痴《ぐち》だとでも思ってくれ」

「は？」

意味がよくわからない。怪訝《けげん》な顔で副社長を見ると、なにかを思いついたように話を変えられた。

「そういえば、ここに入ってきたときに『困った』とか言っていたが……。仕事でなにか問題があったのか？　だから半休を取らずに出社したとか」

「ああ、違います。……副社長に、気にしていただくほどのことでは……」

「気になったから聞いている。それとも聞かれたらまずいことなのか？」

「別にまずくはないです……。ですが……、本当に副社長に気にしていただくほどのことでも……な……くて……」

夢乃の言葉はだんだんと尻すぼみになる。目の前の副社長の口が、どんどんへの字に曲がっていくからだ。どうやらはっきり理由を言わないことが気に入らないらしい。

「あの……実は、……アパートの部屋を、早急に出て行かなくちゃならなくなったんです……」

話すだけならいいだろう。夢乃はそのくらいの気持ちで事情を口にした。

副社長に話したところで、今の状況がどうにかなるとは思わない。だが、一人でもやもやしているくらいなら、一度誰かに話したほうが気持ちを整理することができるのではないか。

うん、なんとなく、前向きに考える気力が出てきたような気がする。

「出て行かなくちゃならないって、恋人と喧嘩でもしたのか？」

「ちっ、違いますっ。一人暮らしです、そんな相手もいませんっ」

予想外すぎる誤解に、夢乃は必要以上に慌てる。ぶんぶんと両手を胸の前で振って、焦ったように否定した。

「アパートが取り壊しになることを知らなくて。業者が入るのが今週末だから、金曜日には部屋を出て行ってくださいって、今朝、管理人さんに言われたんです」

「それは、いきなり、なのか？　だとしたら違法だぞ」

「いきなり……では、ないです……。わたしがお知らせを見逃していて……」

そう考えると、やっぱり悪いのは自分だ。

「なぜ見逃した？　大切なことだろう」

そう冷静に聞かれると仕事で叱られている気分になる。つい身をすくめながら夢乃は答えた。

「通知されていたのは半年くらい前かららしいんですけど、ちょうど仕事が忙しくなり始めたときで、まったく他のことが目に入らなかったというか……言い訳にしかなりませんけど……」

「半年前？　もしかして、今の新商品に関する企画の件か？」

「……はい」

「いくら通知を見逃していたのだとしても、いきなり退去勧告はやはり違法だ。君さえよければ弁護士を紹介するが？」

弁護士に相談するなんて聞くと、とんでもなく大事《おおごと》のような気がしてくる。夢乃は焦って両手を振った。

「い、いえ、弁護士なんて結構ですっ。こっちにも非はありますし、そんな大事《おおごと》には……。今は時間も……ない状態ですし……」

だんだん声が小さくなっていく夢乃を眺め、副社長はなにか考えるように口元に手を持っていく。「わかった。ピローチームに新商品の企画を指示したのは俺だ。……つまり、君が大切な通知を見落とすほど忙しくなった原因は俺にある」

「そっ、そんなことありません！」

それは責任を感じすぎではないか。夢乃は大きな声で言い返す。すると、真面目な顔をした副社長にガシッと両肩を掴《つか》まれて、ビクッと身体が跳ねた。

「……だから、責任をとろう」

「は？」

「他に目が行かなくなるほど忙しくさせている仕事が片づくまで、俺が君に住む場所を提供する」

「えっ！」

夢乃は思わず身体を乗り出す。住む場所ということは、すぐにでも引っ越せる部屋がある不動産関係者とお知り合いなのだろうか。

さすがは副社長。仕事ができる人は様々な面で頼りになる。

夢乃の中に、感動にも似た尊敬の気持ちが湧き上がる。そんな彼女に、彼はとんでもない爆弾を投下した。

「俺のマンションにこい」

——夢乃の笑顔が固まる。

（……誰の……、マンションに、こい……と……？）

言葉の意味をそのまま受け取ろうとして、慌てて別の意味に違いないと思い直す。

これはきっと、副社長と同じマンションの別の部屋に住めばいい、ということだろう。

「お気持ちはありがたいですけど、無理ですよ……。ふ、副社長がお住まいになっているマンションは、きっとお家賃もお高いでしょうし……」

動揺するあまり笑みを引きつらせる夢乃に、彼は二発目の爆弾を落とした。

「なにを言っている。引っ越すのは俺の部屋だ。当然、家賃はいらない」

今度こそ、全身を固まらせた夢乃に気づくことなく、副社長はどんどん話を進めていく。彼女の肩から手を離し、向かい合って胡坐《あぐら》をかいて話しあう体勢をとった。

「マンションの部屋は３ＬＤＫだ。使っていない部屋がひとつあるから、そこを使うといい。家賃や光熱費など諸々の生活費は不要だ。その代わり……」

「無理です、無理です、無理です、むりですぅっ!!」

夢乃は慌てて首を左右にぶんぶん振る。彼はまだなにか言いたそうだったが、それを黙って聞いている心の余裕がない。

よりによって、なんということを言い出すのだ。副社長が住んでいるマンションの部屋を間借りするなんて、とんでもない。

「そんなことできるわけがないじゃないですかっ！」

「じゃあ、他にあてはあるのか？」

副社長の冷静な一言に、夢乃は言葉に詰まる。

他にあてなど……ない。

期限は実質、明日まで。引っ越すにしても、仕事をしながら、各種手続きと部屋の荷物をまとめることなど、到底一人でできるはずがない。

なにより、肝心の住む場所が決まらなければ荷物を抱えて路頭に迷うだけだ。

……どうしてこんなことになってしまったのだろう。もちろん、うっかりしていた自分のミスだとわかっている。でも、どうしてそれが今なのか。せっかく、初めて自分の企画が形になりそうなときなのに……

そう思うと、自分が情けなくて悔しさが込み上げてくる。

ふと、慎一郎に相談してみようかと思い立つ。兄は昨日、自分のマンションへ引っ越してこいと言っていた。あのときは断ったけれど、背に腹は替えられない。

ぐらりと、心が揺れた。

しかし、そんな自分を押しとどめ、夢乃は耐えるようにギュッと目を閉じる。

いつもは過保護過ぎる兄の手助けを突っぱねているのに、こんなときだけ頼ろうとする自分を、さらに情けなく思った。

「そんな顔をするってことは、他にあてはないんだろう？」

「ない……です。でも……」

「話は最後まで聞け。俺は君を助ける。その代わり、君も俺を助けてくれ」

「助け……る？」

その言葉に顔を上げると、なぜか副社長はとても真剣な顔をしていた。彼ほどの人が、いったい自分になにを助けろというのだろう。

次の言葉を待ちながら、夢乃はごくりと唾を呑み込んだ。

「俺の、抱き枕になってくれ」

必死な顔で紡《つむ》ぎ出された言葉に……夢乃の息が止まった。

それどころか、ドキドキとうるさかった心臓の鼓動まで止まったような錯覚に陥《おちい》る。

「どんなことをしても眠れなかった俺が、昨日、君を抱いた途端に眠れたんだ。偶然かと思ってもう一度試してみたが、やっぱり君を抱いたら眠れた」

抱いた、はやめてほしい。言われるたびに別の意味に聞こえて恥ずかしくなる。

つまり、彼が企画開発課に夢乃を訪ねてきたのも、ここでいきなり抱きついてきたのも、夢乃を抱き枕にして眠れるかどうかを確かめるためだったということだ。

「間違いない、君がいれば俺は眠れる!」

「そ、それって……、今みたいに、お昼寝の際の抱き枕になれってことですか……」

震える声で確認を取る。なんとなく笑みは浮かぶが、口元は引きつり冷や汗がにじんできた。

夢乃の様子を意に介さず、副社長は真面目な顔であっさりと言い放つ。

「同じ部屋に住むんだ。夜に決まっているだろう。仮眠室でも十分に休めたということは、自分の部屋のベッドなら、きっと朝まで熟睡できるはずだ」

「無理です、無理です、無理です、むりですぅっ!!」

夢乃は声を大にして必死に首を左右に振る。正座をしたまま背筋が伸び、両手は皺《しわ》になるくらいスカートを握りしめていた。

そんな夢乃に、副社長が前のめりになって詰め寄ってくる。再びガシッと両肩を掴《つか》まれた。

「君を抱けば、俺は眠れるみたいなんだ!」

「むりですっっ!!」

(だから、その言いかたをやめてくださいってば!)

ずっと首を振っていたら頭がくらくらしてきた。だが、たとえ振らなくてもめまいがしそうな状況である。

「頼む、俺を助けてくれ！」

副社長は必死だ。声も必死だが顔も怖いくらい必死だ。

「だって、一晩中一緒に寝るんでしょう⁉　そ、それも、抱き……み、密着した状態で！　男の人と……、それも副社長を相手に、そ、そんなのできるわけないじゃないですか！」

夢乃だって必死になる。掴《つか》まれた肩を離してくださいといわんばかりに身体を引いて、必死で口を動かした。

「君がなにを心配しているかはわかる。だから、絶対に手は出さないと約束する！」

「そんなこと言われてもですね！」

「君に手を出すより、睡眠のほうが大事だ！」

はっきり断言された言葉に、夢乃はピタリと動きを止める。

……なんか今、女性としてすごく失礼なことを言われたような気がする。

「頼む！」

だが、その失言に気づかないくらい、副社長は必死に夢乃に頭を下げてくる。

（どうして、こんなに……）

どちらかといえば、「頼むから助けてくれ」と言うべきなのは夢乃のほうだ。すぐにでも住むところを探して引っ越さなければ、週末には家財道具一式を抱えて路頭に迷うしかないのだから。

それなのに、いつの間にか副社長のほうが必死になっているように思う。

夢乃から手を離し真剣に見つめてくる顔を、彼女はジッと見返した。

怜悧《れいり》さを感じさせる双眸《そうぼう》の下に、うっすらと隈《くま》が見える。

それに気がついた瞬間、ギュッと胸が痛くなった。

副社長は、本当に不眠症に悩まされているのだ。

そんな彼が、夢乃という希望を見つけた。大げさかもしれないが、副社長がここまで必死になるのは、きっとそうした理由からなのだろう。

「俺は仕事がしたい。だが、今の状態ではベストな仕事ができない。眠れないのに睡魔は襲ってくるし、効率が落ちていく一方だ。これでは、来月のコンペもどうなるか……」

夢乃はドキリとする。副社長が中心となっている来月のコンペといえば、今夢乃が必死になって詰めている企画が関係してくるものだ。それこそ、アパート取り壊しの通達を見落としてしまうほど熱中している案件ではないか。

（副社長も、必死なんだ……）

自分と副社長は同じだ。ギリギリまで追い詰められ、必死に解決策を探している。

だが、そんな二人が手を取り合えば、問題は一気に解決するのである。

「……わかりました」

夢乃は意を決して副社長をまっすぐに見つめると、深く頭を下げた。

「しばらくお世話になります」

こうして夢乃は、差し当たって住居問題を解決することができたのである。


あの後、とりあえず昼食を取り、ひと息ついてから出社した夢乃だったが、落ち着いて考えるとすごいことになってしまったと思う。

(副社長と、一緒に暮らすとか……)

とてもじゃないが普通では考えられないことだ。でもこれは夢ではないのである。

『そんなに硬くなるな。世話になるのはお互い様だ。そうだ、ルームシェアだと思えばいい』

ルームシェアという言葉には、なんとなく対等な立場の人間が部屋を共有するイメージがある。

だが副社長と夢乃は、明らかに対等ではない。実際に夢乃はただで部屋に住まわせてもらうのだから。しかも……

『ルームシェアといっても、抱き枕を承諾してもらえたことは俺にとって大きな利益だ。

家賃や光熱費といった生活費一切をもらわないのは、その利益に対する当然の対価だから気にするな』

それはいけない。仮にも住ませてもらうのに、生活費をなにも支払わないのは申し訳ないと伝えたが、副社長は頑《がん》として受け入れてくれなかった。

それどころか、『むしろ、抱き枕になってくれるなら、一晩いくらで契約してもいい』とまで言い出す始末。

……それは、なにか違う商売のようだ……

彼はいったい、どれだけ切羽詰《せっぱつ》まっていたのだろう。

あの冷静で堅実な仕事を常とする副社長にそこまで言わせるとは、生死にかかわるレベルといっても過言ではないような気がする。

だけど、相手は自分が勤める会社の副社長で男性だ。しかも、抱き枕……手は出さないとは言われたが、信用してもよいものなのだろうか。いや、あれだけ必死だったのだから、信用してあげなくてはかわいそうだ。

しかし男女が同じ屋根の下にいて、「絶対に」というのは……どうだろう……

今さらだが、早まったか……という気持ちが湧く。

本当にこれでよかったのだろうか。

とはいえ、副社長が必死なら夢乃だって切羽詰《せっぱつ》まった状況だ。路頭に迷うか安息の地に落ち着けるか、その瀬戸際なのだ。

今日からでも引っ越しの準備を始めなくてはならない。まさしく焦眉《しょうび》の急《きゅう》という事態なのだ。

（引っ越し……）

そう考えて、引っ越しの荷物とは、どうまとめたらいいものかと考える。一人で準備をするなんて初めてのことだ。一日やそこらで終わるだろうか。

そういえば、ルームシェアなるものが決まったのはいいが副社長の住所とはどこなのだろう……

（ちょっと待って！　不安しかないっ！）

いろいろ考え泣きたい気分になっていると、課長がデスクから声をかけてきた。

「長谷川さん、副社長が呼んでるよ」

「はいぃっ!?」

夢乃は思わず立ち上がってオフィスの出入口に顔を向ける。すると課長に笑われた。

「違う違う。副社長室に来てくれってさ」

課長は手に持っている受話器を夢乃にかかげて見せる。

「副社長直々《じきじき》の呼び出しだ。すぐに行ってこい」

「は、はい」

一瞬、ルームシェアの件だろうかと思った夢乃は、慌てて考えを改める。

今は仕事中だ。そんなときにプライベートなことで社員を呼び出すなど副社長がするはずがない。

「期待されてるだけあるじゃない。がんばってっ」

うしろを通りかかった梓にもエールをもらい、夢乃は「はいっ」と張り切った返事をする。

こうやって言われると、どんなに大変でもやる気がふくらんでくるものだ。

軽い足取りでオフィスを出て、エレベーターホールへと向かう。

夢乃が勤める本社ビルは十階建てだ。一階は店舗を兼ねた大きなショールームになっていて、すぐ上の二階は商品管理室になっている。そして、三階から八階が従業員フロアで、これから向かう副社長室は九階だ。最上階は社長室や重役用会議室、応接室などになっている。

副社長室のある九階は、他に各重役室と秘書課が置かれていた。一般社員がそうそう用のあるフロアではないため、夢乃も過去に数回、秘書課へきたことがある程度だ。

そう考えると、なんとなくドキドキする。たとえるなら、高級百貨店の貴金属フロアを、たった一人で歩いているときのような緊張感だ。

副社長室など、もちろん初めて行く。

エレベーターを降りると、まず他のフロアに感じる騒がしさが一切ないことに身体が固まる。

足音を立てるのさえもはばかられる雰囲気だが、ありがたいことに床には絨毯《じゅうたん》が敷かれており、さほど足音は響かないだろう。

副社長室の場所を知らなくても、エレベーターの横に、妙に小洒落《こじゃれ》たアルミ製のフロア案内板がある。それを見て目的の場所を確認していると、うしろから声をかけられた。

「どこかお探し？」

感じのいい綺麗な声だ。振り向くと、声をそのまま人の姿にしたような綺麗な女性が立っている。

この階には秘書課もあるので、雰囲気的にも秘書課の女性社員だろう。

「はい。副社長室を……」

「副社長室？」

笑顔の中で、眉がピクッと寄ったような気がする。

「副社長室に、なんのご用かしら？」

わずかだが、さっきより声がきつくなった気がした。なんとなくイヤな予感を抱《いだ》きながら、夢乃は笑顔を取り繕《つくろ》う。

「あ、あの……、新商品の企画の件で呼ばれていて……。失礼します！」

軽く頭を下げそそくさとその場を立ち去る。背後に鋭い視線を感じつつ、夢乃は足早に廊下を進んだ。

副社長室を探していると言った途端に変わった女性の態度。なんの用だと言わんばかりに、煙たがっている様子があからさまに伝わってきた。

(副社長、イケメンだもんね……。モテて当たり前かぁ……)

彼に憧れている女性は、社内にたくさんいる。もちろん秘書課の女性社員も例外ではないだろう。副社長室を訪ねてきた女性社員というだけであんな態度を取られるのだから。

エレベーターホールから通路は三つに分かれている。フロア案内によると、副社長室は他の重役室や秘書課とは違う通路にあるらしく、静かなうえ他の社員とすれ違うこともなかった。

(静かだと、変に緊張するなぁ)

左側全面が窓になっている廊下はとても明るい。右側にひとつドアを見つけるが、副社長室はこの廊下の一番奥にあるので、気にせず前を通り過ぎようとした。

その瞬間、いきなりその部屋のドアが開く。

驚く間もなく腕を掴《つか》まれた夢乃は、そのまま中へと引っ張り込まれた。

あまりにも突然のことで声も出ない。

引っ張り込んだ相手は、涼しい顔で人差し指を立てた。

笑みを浮かべた下唇に長くスラリとした指をつけ、「静かにして？」とばかりに小首をかしげる。

そんなかわいらしい仕草も、男前がやれば様《さま》になるのだと、夢乃は初めて知った。

「驚いたか？」

微笑んだ彼は、あまり申し訳なく思っているようには見えない。そんな副社長を見ながら、夢乃は強張《こわば》った身体から力を抜いてホッと息を吐いた。

「そりゃあ驚きますよ……。いきなりドアが開くから、何事かと思いました」

そう言って、室内に視線を巡《めぐ》らすと、ここが九階に設置された仮眠室であることがわかる。

そんなに大きな部屋ではないが、見るからに自社の高級シリーズとわかる寝具が大きなベッドに設《しつら》えてある。壁面のショーケースの中には、ナチュラルスリーパーで扱うオリジナルピローが各種並べられていた。

他の階の仮眠室も似たような造りだが、置いてある寝具はけた違いの高級さだ。ここは、大切なお客様に商品を見せるためのショールームの役割も備えているように思えた。

「さすがに、下の仮眠室に置いてある寝具とは違いますね……。触ったことしかないシリーズのものばかり」

「試眠してみるか？　つきあうぞ」

「けっ、結構ですっ。どうせ、抱き枕にするつもりでしょうしっ」

夢乃が慌てて返すと、副社長は「それは残念」と言って微笑んだ。

――本当に彼は、夢乃を抱き枕としか思っていないようだ。

「こちらにいらっしゃるとは思いませんでした……。てっきり、副社長室に行けばいいものだと。企画の件で呼び出されたのだと思ったんですけど、違うんですか？」

「ああ、それもあるけど……」

副社長はスーツのポケットを探ると、手をグーにして夢乃に差し出す。

「手を出せ」

「はい？」

わけがわからず両手のひらを並べて出すと、そこに鍵と折りたたんだメモ用紙がのせられた。

「俺のマンションの鍵。それと住所。駅に近いし、わかりやすいと思う」

「え……あっ」

そこでやっと、彼がルームシェアの件も込みで夢乃を呼び出したのだとわかる。

手のひらで光る大きめの鍵を見つめ、本当に副社長と同じ部屋に住むのだという実感がじわじわと湧いてきた。

「それと、引っ越し業者の手配をしておいた。明日、君が出社しているあいだに荷物を運び出してくれる」

「明日……？　え、あの、わざわざ手配してくださったんですか？」

「迷惑だったか？」

「い……いいえっ。そんなことは」

夢乃は慌てて首と一緒に両手をぶんぶんと振る。

「すごく助かります。実は、今まで引っ越しの手配を自分でしたことがないので、どこに頼めばいいのかよくわからなかったし」

「今の部屋に入るときは？　自分で探したんじゃないのか？」

「手配は全部……兄がやってくれたんです。わたしに任せておくと、いつまでたっても悩んだままで決まらないから、って」

説明の途中で副社長がぷっと噴き出す。なにに対して笑われたのかはわからないが、自分の年齢を考えればちょっと恥ずかしかったかもしれない。

「君のお兄さんとは気が合いそうだ。実は俺も、さっきの話を聞いていて、君に任せるとギリギリまで引っ越し業者も決まらなそうだと思ってね。悪いと思ったがこちらで決めさせてもらった」

「ふ……副社長っ、それはあんまりですっ……」

兄ならともかく、副社長とは今までまともに話すらしたことがないのだ。こんなことがなければ、今でもきっと仕事以外で関わることなどなかっただろう。

そんな相手にいきなり優柔不断を指摘されるのは、さすがに不本意だ。

「それはさておき」

ポンッと、副社長の手が肩にのせられる。

「触られたくない私物は、今夜中にまとめておきなさい。大きなものはそのまま運び出してくれる。クローゼットの中や食器なんかも業者のほうでやってくれるから、それほど手間はかからないだろう」

「……助かります」

視線をそらし返事をする。それが、なんとなく不快そうに映ったのだろう。彼はまるで宥《なだ》めるように肩にのせた手をポンポンと動かす。

あまりにも余裕な態度を見せられて、一瞬湧いた反発がしぼんでいった。

なんだかんだいっても、副社長は夢乃のためを思ってやってくれたのだから、厚意には甘えよう。

「食器棚や冷蔵庫は俺の所に大きなものがあるが、どうする？　そのまま処分を頼むこともできるが」

「え……、あ……」

そこまで考えていなかった。自分が持っているのは一人暮らし用の小さなものばかり。だが、すでに大きなものがある場所にそれらを持っていくのも、おかしな気がする。

しかし、ここで処分したとして、またすぐに一人暮らしを始めるのなら、すべて買い直さなくてはならない。

「――と、いう選択を、すぐにしろというのは無理だと思うので、不要な家財道具はひとまずガレージに保管しておこう」

さすがは夢乃の優柔不断な部分を見抜いていただけのことはある。

「すみません。なにからなにまで手配してもらって……」

「さっきも言ったが、俺がやったほうが早い。なにより、こちらの都合でもある。とっとと引っ越してきてもらって安眠したい」

……それが目的か……

そう言われると、申し訳ないと思う気持ちが少し薄れる。

副社長は夢乃の肩から手を離し、笑顔で右手を差し出した。

「明日から、よろしく」

にわかに心臓が早鐘を打つ。これは握手をしようということだろうか。夢乃は震えそうになる手を数回擦り合わせ、そっと差し出した。

すると、素早くその手を取られ、しっかりと握られる。

「よろしくな」

「は……はい、こちらこそ、よろしくお願いします」

ドキドキすると同時に、心がほわりと温かくなる。

彼の手は、とても大きくて、力強い。

そして、予想外に、温かかった……。


アパートに帰った夢乃は、ひとまず副社長に言われた通り、触られたくない物や貴重品など、自分でできる範囲で引っ越しの荷物をまとめ始めた。

「結構簡単に終わったなぁ」

呟《つぶや》きながら段ボールのふたをガムテープで留める。それを部屋の隅へ移動させて、夢乃はふうっと息を吐きながら室内を見回した。

引っ越しの準備をしているとは思えないほど、部屋の中はそのままだ。明日にはソファーもテレビもここからなくなるとは信じがたい。

大きなものは業者がやってくれるらしく、大変助かる。夢乃が一人暮らしを始めるときも確かそんなパックがあった。だが、便利なものには必ずそれ相応の対価が発生するものだ。

（あのときは、節約のためせっせと自分で段ボールと戦ったっけ）

今回はなんと、副社長がそうした費用も負担してくれるのだという。

理由は、『これで眠れるようになるかと思えば、痛くも痒《かゆ》くもない』ということらしい。

何度も思うが、彼はどれだけ切羽詰《せっぱつ》まっているのだろう……

ここまで期待されると、本当に自分はその期待に応《こた》えられるのだろうかと不安になってくる。

たとえ仮眠室で二度眠れたからといって、偶然ということもある。もしくは、人間の抱き枕という珍しさに、たまたま身体が反応して眠れたという可能性だってあるのだ。

正直なところ、夢乃にはどうなるかわからない。けれど、期待に応《こた》えられず追い出されることになったら、そのときはそのときだ。

今手掛けている企画の仕事が落ち着くまで、ありがたくルームシェアをさせてもらおう。

相手が副社長であること、そして彼の抱き枕になるということに、女性として危機感を抱かないわけではないが、そこは、絶対に手を出さないと約束してくれた彼の言葉を信じるしかない……

――そうして、その日のうちに簡単な荷造りを終えた夢乃は、翌日管理人に挨拶《あいさつ》を済ませて、アパートの鍵を返した。その際に、今日引っ越し業者が来ること、来たら部屋の鍵をあけてもらうことを頼んで会社へ向かった。

会社にいるあいだに、残りの荷物はすべて副社長のマンションへ運ばれる。今晩から夢乃の帰る場所は、いつものアパートではなく新しいマンションだ。

昨日、副社長にもらった住所のメモを見ながら、夢乃はぼんやり考える。

(3LDKって言ってたっけ。一人暮らしなのに、広い部屋に住んでるんだなぁ)

急ぎの引っ越しだったせいもあるが、事前に、借りる部屋の下見どころか、マンション自体の見学もしていない。

駅に近く、周囲にデザイナーズマンションが建ち並ぶ一角なので、立派なマンションなのだろうと予想はついた。

どんな所なのか気になる気持ちはもちろんあるが、ひとまず新居で最初にやるべきことは荷物の整理だ。共同生活をどうするかはこれから相談するにしても、キッチンやサニタリー関係の確認をしておかなくてはならない。

仕事の合間にいろいろと手順を考えながら、なんとか定時に退社した夢乃は、新しい住居へと向かったのである。

今夜は荷物の整理を優先させるため、夢乃はマンションへ到着する前に夕飯のサンドイッチを購入した。

仕事や接待などいろいろあるから、副社長の夕食は考えなくていいと言われたが、本当にそれでいいのだろうか。副社長だって、いつも帰りが遅いわけではないだろう。自宅でゆっくり夕食を食べたい日もあるのではないか。

そのあたりは、タイミングを見て再確認してみよう。そんなことを考えているうちに、目的のマンションに到着した。

マンションは十五階建て。一階の外壁が煉瓦壁《れんがかべ》ふうで、前庭から出入口へは街燈が灯《とも》るプロムナードが続いている。まるでホテルのようなお洒落《しゃれ》な雰囲気に、一瞬足がすくんだ。

エレベーターで十二階へあがり、目指すドアを見つける。品のいいベージュのドアの横にはガラスプレートの表札が取り付けられていて、副社長のフルネームが漢字で記されていた。

今日からしばらく、ここが自分の住まいになるのだ。

鍵を挿し込む手が緊張で冷たい。カチャリと開錠される音が妙に重く感じた。

「おじゃまします……」

小さく呟《つぶや》いて、おそるおそる中へ入る。この場合は「ただいま」が正しいのだろうが、その言葉を使う勇気はまだなかった。

とても広い玄関だ。そこから続く廊下も、横幅があって広い。

――のだが、……なぜかそう見えない……

その原因となっているものを、夢乃は無言で見つめた。

玄関を入ってすぐ右側に見えるドアはお手洗いだろう。廊下の突き当たりに見えるドアは、おそらくリビングへ続いているに違いない。

それらのドアを避けるようにしながら、廊下のあちこちにものが積み上がっている。新聞であったり、雑誌であったり。はたまた宅配便の箱や封筒であったり。

夢乃はしばらくそれらを凝視していたが、なんとなくイヤな予感を抱《いだ》きつつ部屋へあがった。

廊下の両端にものが積み上がっていても、廊下自体が広いので歩くのに不便はない。

リビングだろうと予想をつけたドアを開け、目の前に広がる光景を見たとき、夢乃は自分の予想が的中したことを感じ始める。

すぐに「やっぱり！」と思えないのは、これだ、という決定的なものが目立たないからだ。

足を踏み入れたリビングダイニングは、とても広い。対面式キッチンもお洒落《しゃれ》で綺麗だ。

そう――綺麗、であるように……見える。

夢乃は室内をゆっくりと歩き始めた。ソファーの周囲、窓辺、テレビの前、ダイニングテーブルの周り。さすがは副社長、と言いたくなるほどセンスのよい調度品でまとめられた部屋だ。

室内もとても過ごしやすそうに思える。

ただ……

部屋の真ん中に立ち、夢乃はじっと足元を見つめた。

そこには、十冊程度の雑誌が積み上がっている。

同じような雑誌の山が、玄関にも、ソファーの脚元にも、窓辺にもあった。

他にも、新聞を積み上げた山、封書などの束、空き缶や空き瓶の集まり、タオル類の山……

それらの山は、ひとつやふたつではないのだ。

部屋中に点在するこの塊《かたまり》の多さを、どう考えたらよいだろう。

部屋自体は片づいているように見える。歩き回るにも不自由はない。ソファーにも座れるし、テーブルも使える。きちんと拭いてあるらしく、テーブルの天板はつやつやだ。

しかし……、本来片づけておかなくてはならないものが、まとめるだけまとめられて、そのまま放置されている。

それもズルイことに、散らかっていることを意識させない置きかたで。

「一ヶ所にさぁ……、まとめて置いておけばいいんじゃないかなぁ……」

ここにいない相手への愚痴《ぐち》が、自然と口から出る。夢乃はショルダーバッグをソファーの隅に置くと、おもむろにその横にある雑誌類を持ち上げた。数にして十冊程度なので、それほど重くはない。

それを持って廊下へ出ると、玄関に積み上がっていた雑誌と一緒にする。同じように他の雑誌の山も一ヶ所にまとめていった。

雑誌の次は新聞の類《たぐい》をまとめて、続けてＤＭなどの封書類。

まとめたら今度は縛る紐《ひも》がほしいところだが、どこにあるのか、そもそもそんな紐《ひも》がこの家にあるのかどうかもわからない。

ひとまず、まとめられるだけまとめた紙類は廊下に積み上げ、次に夢乃はキッチンの中をぐるりと見回す。目指すものをキッチンラックに見つけた。すぐに大きなビニール袋を広げて、空き缶や空き瓶を回収し始める。

無言のまま一心に片づけていくものの、心の中ではどうしてこんなにいろいろなものが点在しているのかが不思議でならない。

リビングがこうなのだから、きっと他の部屋も同じような状態だろう。

とはいえ、他の部屋は副社長の私室だ。そんな場所に無断で足を踏み入れるわけにはいかない。

そのとき、この部屋の主《あるじ》が戻って来る前に、勝手に片づけてよかったのだろうかと思い立った。しかし、すでに始めてしまっている。リビングや廊下などは夢乃も使わせてもらうことになるのだから構わないのではないか。

「よし、やっちゃお」

そう結論づけた夢乃は、猛然と部屋の片づけを再開した。

今までものが積まれていた場所の埃《ほこり》を取り、隅々まで拭き掃除をしていく。

ホッとしてソファーに腰を下ろしたとき、すでに二時間という時間が経過していた。

――やっと終わった……

夢乃はソファーの背もたれに寄りかかり、片手で額《ひたい》を押さえる。

予想外だ。こんなに時間がかかるとは思わなかった……

まるで片づけが終わるのを待っていたかのように、玄関でドアが開閉する音が聞こえる。それからすぐに「長谷川さん、ここか!?」という、副社長のどこか慌てたような声とともにノックの音がした。

しかし、ノックの音はリビングのドアからではない。おそらく廊下にあったドアのひとつを叩いたのだろう。どうやらそこが夢乃の部屋になるらしい。

思えば、ここにきてからリビングと廊下の行き来ばかりしていたので、自分の部屋のことまで頭が回らなかった。

「長谷川さん!?」

直後、リビングのドアが勢いよく開く。姿を現したのはこの部屋の主《あるじ》である、副社長。挨拶《あいさつ》がてら部屋の片づけをしておきましたよと、ちょっとした皮肉を言っても許される気がする。夢乃は苦笑いを浮かべながらソファーから立ち上がった。

「副社……」

開きかかった口はすぐに言葉を失った。夢乃を見つけるや否《いな》や、まさしく突進といわんばかりの勢いで副社長が近づいてきたのだ。

（えっ、なにっ⁉）

逃げる間もなくガバっと抱きつかれ、そのまま夢乃は背後のソファーに押し倒された。

（なになになになに、なんなのーぉっ‼）

一気に頭はパニック状態だ。

帰ってきていきなり抱きついてくるとは何事か。

「ただいま」もなければ、片づいた部屋に対する感想もない。それどころか、帰ってくるなり、いきなり抱きついてあまつさえソファーに押し倒すなんて。

（やっぱりルームシェアするなんて早まった⁉　ああぁっ、副社長の切羽詰《せっぱつ》まった態度に騙《だま》されたぁ‼）

今さらながらに後悔する。どう考えても話がうま過ぎた。それにコロッと騙《だま》されるなんて、この年になって危機感がなさすぎると言われても言い返せない。

（せめて、せめて、酷いことはされませんようにっ）

抱きしめてくる彼の腕を掴《つか》むが、しっかり夢乃を抱きしめている腕は緩《ゆる》む気配を見せない。

それどころか、安らかな寝息まで聞こえて……

（ん……寝息……？）

抱きつかれて押し倒されたことで慌ててしまったが、副社長はそれっきり動かない。

それどころか……

「……副社長……？」

おそるおそる顔を上げる。そして、目の前にある男の顔を見るなり呆気にとられた。

「寝てる……」

そこで思いだすのは昨日のこと。彼は昨日も、仮眠室で夢乃に抱きつくなり眠ってしまった。

夢乃という抱き枕は、さっそく彼の役に立ったということなのだろう。

「……だからってぇ……」

毎回こんなふうにされては夢乃の心臓がもたない。

現に今だって、鼓動がバクバクして痛いくらいだ。

自分はこれから本当にここでやっていけるのだろうか。

——どうしよう……不安しかない……

第二章

——住む場所の確保。夢乃にとっては、なにをおいてもそれが一番大事だった。

その心配さえなくなれば、目の前の仕事に集中できるから。

——安眠の確保と睡眠不足の解消。蔵光優にとっては、それが最優先事項だった。

それさえなんとかなれば、大好きな仕事をもっと精力的にこなすことができるから。

そんな問題を抱えた二人が偶然に出会い、ともにいることでお互いの悩みが解決することを知った。

そのためのルームシェア。あくまでも、利害関係の一致による一時的な同居である。

夢乃には住居を。

そして、副社長には安眠必至の抱き枕を。

そう、わかってはいるのだが、夢乃はどうしても彼に抱きつかれるたびに、胸が痛くなるくらいドキドキしてしまうのだ。

仕事中、不意に副社長の腕の感触を思いだして慌ててしまうことさえある。

(しょうがないでしょ〜、男の人に抱きつかれるなんてこと、お父さんやお兄ちゃんに抱っこされたくらいしかないんだから)

自分に言い訳を試《こころ》みるものの、幼いころにされた抱っこと今の抱き枕では、かなり意味が違う。

——そんなこんなで、ルームシェアを始めて一週間が過ぎた……

「長谷川さんっ！」

「はいはい、眠いんですねーっ！」

副社長が帰宅した途端にかかるご指名。玄関のドアが開いた気配とともに緊張する身体は、眠たくて切ないと言わんばかりの顔を見た瞬間、抱き枕モードに切り替わる。

「先にひと眠りしますか？　ご、ご飯、食べるならあとで食べてくださいねっ」

言いたいことだけ言って、夢乃は頭からかぶっていたタオルをダイニングテーブルの椅子に引っ掛ける。

お風呂上がりの髪はまだ濡れていた。さすがにこれでは冷たいのではないかと思うが、この状態の副社長に、髪を乾かすのを待っていられる余裕はない。

——ルームシェアを始めて一週間。夢乃は毎日、彼が帰宅すると同時に抱き枕に早変わりだ。

鞄《かばん》をソファーの脚元に置きスーツの上着を脱いだ副社長は、ネクタイを緩《ゆる》めながら夢乃の手を引き慌ただしく自分の寝室へ入っていく。

このところは、いきなり抱きつかれて寝落ちされることはなくなった。しかしながら、連日ひと眠りのために彼の寝室に連れ込まれるというのも、なかなか意味深で緊張する。

夢乃の手を離して先にベッドに寝転がった副社長が、早く来いと言いたげに両手を広げる。多少機嫌が悪そうなのは眠いから。とにかく彼は、眠りたいのだ。

(なんか、ちっちゃい子どもが眠くてぐずってるみたい)

そう考えると笑ってしまいそうだが、本人の手前なんとかこらえる。

おずおずとベッドに横になった夢乃を抱き寄せ、両腕でしっかり包み込むと、副社長は大きく息を吐いた。

「適当に……起こせよ」

「はい」

毎回こう言って、彼は眠りにつくのだ。

とはいえ、夢乃が起こしたことはない。帰宅早々のひと眠りは、いつもだいたい三十分前後で勝手に起きてくれる。

ぐっすり眠った気配を確認して、夢乃は視線を上げて彼を見た。

セットした髪が少し乱れ、疲れのせいか顔色が悪い。それでも、最初のころよりは目の下の隈《くま》が薄くなってきた気がする。

会社で見る凛々《りり》しい姿とは雲泥《うんでい》の差だが、それでも夢乃は思うのだ。

――王子様、だなぁ……と。

彼には、〝眠り王子〟という異名がある。

そもそもそれは、副社長が人間の睡眠に関して、生活のパターンを細分化し、医学や科学の観点から、それぞれに合った寝具を選び出す独自のプログラムを作りだしたことに起因している。

人には、一人一人、生活環境や体質から最適の寝具がある、というのだ。

そのプログラムをもとに、彼の企画発案で開発された〝スリープコンシェルジュ〟というシリーズは、今ではナチュラルスリーパー社の主力商品になっている。

誰しも健《すこ》やかな眠りを得る権利がある。それを導く人――という意味合いから、副社長は〝眠らせ王子〟というあだ名で呼ばれるようになった。

王子、とついたのは、彼の整った容姿からきたものだろう。この異名は、おそらく社内の女性たちが付けたものと思われる。

眠らせ……だとなんとなくパッとしない。眠りに関わる人なのだから、〝眠り王子〟でいいだろう……と、そんな理由かどうかは定かではないが、いつの間にか〝眠り王子〟の愛称が定着した。

（王子様……だよねぇ）

一週間前から毎日のように間近でこの寝顔を見ているというのに、そのたびに心臓は痛いくらいにドキドキして緊張する。

スーツ姿の完璧な副社長からは想像もできないほど、無防備で安らかな姿。それを、こんなそばで見られるのは、ルームシェアをしている夢乃の特権だ。

とはいえ、やっぱり最初は心の中で疑う部分があったのも確かである。でも、彼は本当に抱き枕以外の目的で夢乃に触ることはなかった。手は出さないという約束を誠実に守ってくれている。

（単にわたしが、女性として好みじゃないって可能性もあるけど）

そんなふうに思った直後、副社長が身じろぎをする。薄く開いた目と視線が絡《から》んで、ドキリと鼓動が跳ねた。

「副社長……起きました？」

「ん……」

「夕飯、食べますか？　酢豚の下ごしらえ、してあるんですけど」

「……酸っぱくして……」

「お疲れなんですね。わかりました。先に着替えてくださいい、すぐできますから」

「ん……」

どうやら少々寝ぼけているようだ。自分でもそう思ったのか、夢乃が離れるとパシパシと頬を叩いていた。

その姿に面映《おもは》ゆいものを感じる。思わずクスッと笑みを漏《も》らしてしまってから、夢乃は寝室を出てキッチンへ向かった。

帰宅してから三十分程度のうたた寝。それを一週間ほど続けているせいか、彼の睡眠不足はいくらか解消されたようだ。

なんといっても、ルームシェアを始めた当初の切羽詰《せっぱつ》まったような必死さを感じなくなった。

就寝時間にも抱き枕になれればいいのかもしれないが、彼は家でも夜遅くまで仕事をしていて、寝るのが午前二時や三時になるということも多い。さすがにその時間まで起きて待っていることは、夢乃にも仕事がある以上無理だ。

それでも、先日の週末は夜通し抱き枕を務めた。四時間半も眠れたと、すごく感動していた副社長の姿は、まだ記憶に新しい。

……反対に夢乃は緊張して眠ることができず、寝不足になったのだが……

（副社長の睡眠不足解消も、近いかもね）

キッチンのテーブルに置いていたエプロンを取り、頭からかぶる。

副社長の睡眠不足が解消し、その後も症状が出なければ、夢乃もお役御免《ごめん》だ……

今月末には、現在詰めている新商品の社内プレゼンがある。その商品は副社長が参加するコンペ用でもあるらしい。

そのころには、夢乃の仕事も落ち着いているはずだし、新しい部屋を探して引っ越す時間も作れるだろう。

もともと、夢乃の仕事と新居の問題が片づくまで、という約束のルームシェアなのだから。

「あとどのくらい……ここにいられるのかな……」

ポツリと呟《つぶや》いて、エプロンのリボンを結ぶ。どうしてだか……上手《うま》く結べない。

なぜか、心が乱れた。

＊＊＊＊

「では、延期になっていた講演の予定を入れさせていただきます。先方の教授も、きっと喜ばれると思いますよ」

そう言ってニコニコ笑う年配の男性秘書を、優は副社長室のデスクの上で指を組み、眺めた。

「こちらの都合で延期してしまったことを、大学側にきちんと謝罪しておいてくれ」

「はい、かしこまりました。副社長の体調がすぐれなかったゆえの延期です。先方にもご理解いただいておりましたので、問題はございません。ただ、このスケジュールですと、講演からコンペまであまり時間がありませんが」

「それは問題ない。社内プレゼンの選出も既に決まっている。うちの企画開発課は優秀だ。コンペには充分間に合う」

自信を持って断言した優を嬉しそうに眺めていた秘書は、すぐに笑みを収めて、ホッと安堵の息を吐く。

「わたくしも安心いたしました。ご体調がすぐれないためか、近ごろ副社長はいつも苛立っておられるような気がしておりました」

「心配をかけて、悪かった。先延ばしにしていたぶんも、これからバリバリ頑張るよ」

「あまり急に頑張られては、今度は過労で倒れてしまいます。ほどほどに願います」

「わかったよ」

優の返事を聞いた秘書は、一礼して副社長室を出ていく。その間際、「元気にしてくれた方《かた》がいらっしゃるなら、お礼がしたいところです」と意味深なことを言い残した。

かまをかけられたのかな……と思う。

年齢も年齢なので、社長である父から事あるごとに結婚をほのめかされていることを、秘書も知っている。優の恋人の有無《うむ》について、父からなにか言われているのかもしれない。

「面倒くさい……」

優はハアッと息を吐いた。

彼は仕事がしたいのだ。この仕事を極めたいと思っている。なんのために留学までして睡眠科学を学んだと思っている。すべてはより素晴らしい仕事をするためだ。

それなのに、周囲は優に仕事だけをさせてはくれない。年相応の立場やけじめを求めてくる。

今年の初め、勝手に見合い話を進められ、重役の姪《めい》だという女性に無理やり会わされた。

これがとんでもないお嬢さんで、仕事というものを、そして働くという行為の意味を一切わかっていない人だった。いくらけじめだ世間体だと言われても、仕事に理解のない女性はごめんだ。

優はすぐにこの見合いを断ったが、思えばあのころからじわじわと不眠が始まったのではなかったか。そこでふと、まるで打つ手のなかった不眠を解消してくれた救世主を思い浮かべる。

夢乃である。

「……彼女の、おかげだな……」

冷静に考えれば、妙齢の女性に抱き枕になってくれだなんて、我ながらすごいことを言ったものだ。一歩間違えばセクハラ、いや、パワハラで訴えられてもおかしくない。優にとって幸いだったのは、彼女も焦眉《しょうび》の急《きゅう》というべき問題を抱えていたことだろう。切羽詰《せっぱつ》まっていたのはお互い様で、上手《うま》く利害が一致した。

「――元気にしてくれた方《かた》がいらっしゃるなら、お礼がしたいところです」

「お礼……か」

先程の秘書の言葉を思いだして、考える。

夢乃には感謝している。なんだかんだいって、彼女のおかげで睡眠不足が解消され、不眠症もなんとかなるのではないかと思えるところまできているのだから。

今日はいつもより早く帰れそうだ。たまにはケーキでも買って帰ろうか。そんなことを考え、優はふと思考を止めた。

（そういえば、聞いたことがない……）

夢乃はどんなケーキが好きなのだろう。いや、その前に、彼女はケーキが好きなのだろうか。

（わからない）

ケーキより、和菓子のほうが好きかもしれない。そもそも食べ物の好き嫌いはあるのだろうか。アルコールを買って帰るとしたらなにがいいだろう。

優は動きを止め、とんでもないことに気づく。

――自分は、彼女のことをなにも知らない……

彼女とルームシェアを始めて一週間余り。夢乃について知っていることといえば……自分の両手を眺める。意識をすると、あの心地よい眠りへ導いてくれる彼女の感触がよみがえってきた。

抱き心地が最高……という言いかたをすると夢乃はムキになって怒るが、その通りなので他に言いようがない。

あとは、料理が上手《うま》くて、気遣い上手で、明るくて。

そんなことくらいしかわからない。

無理もない。ルームシェアを始めてから、とにかく自分は眠ることばかり考えていたのだから。

家に帰ればすぐに、抱き枕を頼んでいた。そのあとは食事や入浴をするわけだが、たいてい彼女は先に済ませているので、そのころには自分の部屋に引っ込んでいる。いつからか、朝食も作ってくれるようになったが、優が食べているとき夢乃は自分の身支度をしているので、一緒に食べたこともない。

……思えば、マンションでゆっくり話をしたことがない……

そこで優は、今さらながらに大変なことに思い至る。夢乃には、本当に恋人がいないのだろうか。

今になって、こんな心配をするのもどうかとは思う。

しかし、たとえ恋人がいても、副社長である自分に言われたら断ることなどできなかったのかもしれない。だとしたら、大変なことだ……。

「一度、ゆっくり話をしたほうがいいな……」

とはいえ、もし本当に恋人がいたらどうする……。

優は大きく息を吐き、気を取り直してデスクの受話器を取る。

取引先へかけようとした番号を途中で三度押し間違え、そんな自分に溜息を漏《も》らす。

なぜか、心が乱れる……。

＊＊＊＊

「はい、かしこまりましたぁ、副社長！」

課長のやけに張り切った声がオフィスに響いた。

たっぷりとした、迫力のある体格と同じくらい威勢がいいのが、課長の専売特許だ。

企画開発課の誰もが慣れていることだが、一人ビクッと大きく身体を震わせた人物がいる。

夢乃である。

課長の声の大きさに反応したのではなく、副社長、という言葉に反応したのだが。

課長は受話器を片手に椅子から立ち上がり、もう片方の手で握りこぶしを作っている。

どうやらなにか気合の入る話が副社長から回ってきたらしい。

受話器を置いた課長は走るように夢乃の席までやってくる。キョトンとする彼女の顔をジッと見てニヤッと笑うと、いきなり背中をバンっと叩いた。

「長谷川さん！　大抜擢《だいばってき》だぞ！」

「は？」

すぐに課長は、オフィス中に聞こえるような大きな声を出した。

「みんな、今月末に行《おこな》われる新商品の社内プレゼン用候補の中から、長谷川さんの企画が選ばれた。当日のプレゼン担当も決まったぞ。副社長直々《じきじき》に、長谷川さんが指名された！」

「ええっ!!」

オフィスがブワッと盛り上がる中、夢乃だけが驚きの声をあげ、呆然と立ち上がる。

だが彼女の声は、オフィスの歓声にかき消されてしまった。

「やったぁ、副社長のお墨付《すみつ》きだよ、頑張って、夢乃ちゃん！」

「今まで以上に頑張らないとね。よーし、みんな、最高の枕作るよ！」

梓やチームの先輩の激励でさらにオフィスは盛り上がる。呆然としているのは夢乃だけだ。

「絶対に商品化させようね！」

「夢乃ちゃん、自分の企画がプレゼンにかけられるの初めてでしょう？　頑張ってね！」

そんな声をかけられハッとする。

社内プレゼンには、各部署の代表や重役たちが出席する。そこで彼らを納得させられれば商品化に繋《つな》がる。

おまけに今回のプレゼンの新商品は、次に控えるコンペに出品される予定なのだ。今回、夢乃の企画が選ばれたということは、自分が企画したものが、初めて商品化されるだけでなく、コンペに出られるチャンスなのである。

それを実感した途端、夢乃の気持ちは大いに高まった。

先輩の手伝いで社内プレゼンに参加した経験から考えると、経営幹部からはかなり厳しい質問が出される。それらにきちんとした答えを返せるかハッキリとした自信はない。けれど、この企画をここまで頑張って進めてきたという自負が夢乃の中で大きくふくらんだ。

「頑張ります。よろしくお願いします！」

企画開発課の最年少が受けた栄誉を、課員やチームの仲間全員が喜んでくれた。

その日、仕事を定時で終えマンションに帰って着替えていると、充電器に挿したばかりのスマホが着信音を響かせた。

誰だろうと思いつつスマホを見ると、兄の慎一郎からだ。

『夢乃、仕事中か？』

「ううん。今日は定時で帰ったから。……あれ？　お兄ちゃんお酒飲んでる？」

『どうしてわかった？』

「わかるよ。お兄ちゃんお酒を飲むとちょっと鼻が詰まったような声になるし」

『なんだそれはっ、初めて聞いたぞ』

慎一郎と一緒にアハハと笑いながら、夢乃はベッドに腰を下ろす。

「なーに？　こんな早い時間から酔っぱらって。もしかしてデート？」

『馬鹿言うな。接待だよ。次のコンペのクライアント』

「根回しですか？　部長も大変ですねぇ」

『なに言ってんだ。クライアントへの接待なら、そっちの〝眠り王子〟のほうが上手《うま》いだろう。今回のコンペはナチュラルスリーパーも参加するらしいし、こっちも負けてられないからな』

「へ……へえ、そうなの……」

　ドキッとしたはずみで背筋が伸びる。コンペの話よりも眠り王子に反応してしまった。

『なんだ？　大手スパハウスグループのコンペの話、知らないのか？　企画開発課だろう』

「知ってるよ。近々、新商品の社内プレゼンもあるし」

『それ、コンペ用じゃないのか？』

「さあ？」

『どんな商品が出るんだ？』

「教えませーん」

　慎一郎も本気で聞いているわけではない。いくら身内でも相手はライバル会社の社員なのだ。兄が曲がったことが嫌いな性格なのは、妹の夢乃がよく知っている。の、わりには、よくコネ入社を勧めてくるが。そう考えれば勧めてくるのも本気ではないのかもしれない。

『ところで夢乃、日曜は予定があるか？』

「日曜日？　今日が水曜日だから……四日後？　今のところはないけど」

『このあいだの約束、昼飯に連れてってやるよ。昼間っからフランス料理を食わしてやる。先日行った店が美味《うま》くてさ』

「わっ、豪華っ！　うん、わかった。日曜日のお昼ね」

『じゃあ、アパートまで迎えに行くから。十一時半ごろな』

夢乃はハッとした。そういえば、慎一郎にはアパートを出なくてはならなくなった経緯どころか、引っ越したことも話していない。

とはいえ、今の状況は話しづらい。

「お兄ちゃん……、わたし、その日駅まで出てるから、そこで合流しない？」

『買い物でもあるのか？』

「う、うん……、そのついでに拾ってくれれば……」

『わかった。じゃあ、駅に着いたら電話する』

「うん、お願いね。じゃあ、お仕事頑張って」

電話を終えて、夢乃はハアッと息を吐く。

アパートを出たことは、食事のときにでも話しておこうと思う。

ただ……アパートを出なくてはならなくなったとき、一番に相談しなかったと知ったら、慎一郎は悲しむかもしれない。それに……

「ルームシェアのこと、どう説明しよう……」

ルームシェア自体には問題ない。だが、その相手が男性、それも会社の副社長だという点が問題なのだ。

「お兄ちゃん、絶対怒るよね……」

なんだかんだで妹思いの兄なので、少々気が重い。むしろ黙っていたほうがいいだろうか。

……どのみち、ここには長くはいないのだから……

そんなことを考えていると、玄関のドアがバタンと閉まる音が聞こえた。

副社長が帰ってきたのだろう。今日は随分と早い。社内プレゼンに選ばれたお礼を言おう、そう思ってベッドから立ち上がったときドアをノックされた。

「長谷川さん、こっちか？」

「あ、はい。おかえりなさい、今日は早かったんですね」

急いでドアを開ける。同時にハッと身構えた。もしかしたら、いつも通り抱き枕要請がくるのではないかと思ったのだ。

最近こそ少なくなったが、最初のうちはいきなり抱きつかれることも多かったから。

――そのせいで、夢乃の頭からお礼の件が飛んでしまった。

「ただいま。夕食は、まだ食べていないよな？」

身構えていた夢乃は、副社長の一言を聞いた瞬間、ガクっと力が抜けた。

普通だ。あまりにも普通すぎる。今日はいったいどうしたのだろう。

「あ、あの、副社長？」

「ん？」

「今日は、その、ひと眠りはいいんですか……？」

「ああ、今はいい。あとで頼む」

「今日は眠くないんですか？」

「眠いけど。先にやりたいことがあって」

そう言うと、彼は手に持っていた風呂敷包みをかかげる。

「会議で出た弁当。ふたつ包んでもらったから一緒に食べよう？　ここの弁当、美味《うま》いんだ」

「お弁当……」

お弁当と聞いて浮かぶのは、町のお弁当屋さんかコンビニのもの。しかし副社長が手にしている風呂敷包みは四角くて大きい……まるで重箱のようだ。

そんなことを考えた直後、風呂敷にプリントされた店名が目に入った。

大きく目を見開いてしまったのは、それが有名な一流料亭の名前だったから。

「会議を欠席した役員がいて、余りが出たんだ。家で食べると言って秘書に包んでもらった」

「あの、どうしてふたつ？　とか、聞かれませんでした？」

「いいや。ふたつとも俺が食べると思ったらしくて、『お若いですねー』って言われた。『たくさん食べて、明日も頑張ってください』だってさ。うちの秘書、俺を働かせるのが好きだから」

「そ、そうですか」

　夢乃の笑みが引きつる。彼がどう思っているのかわからないが、たとえ、お互い差し迫った事情があったとはいえ、副社長と一介の社員、それも女性社員がルームシェアをしているというのは、外聞が悪いのではないか。特に同じ会社の人間に知られるのはまずい気がする。

「テーブルに用意しておく。まだなにも作ってないよな？」

「はい、それは……。あっ、用意ならわたしが……」

テーブルを用意するあいだに、着替えてきてもらえばいい。そう思って申し出るが、途中で言葉を止める。

　副社長の視線が夢乃の背後に向いていることに気づいたのだ。彼は背が高いので、夢乃の頭越しに部屋の中が見えたのだろう。

「ちょっと、いいか」

「え、はい？」

　風呂敷包みを床に置き、彼は夢乃の部屋に入ってくる。そのまままっすぐベッドのほうへ歩いていった。

なんだろう。小さいベッドが珍しいのだろうか。副社長は一人でもゆったり眠れるようダブルベッドを使用している。それに比べれば確かに小さいだろうけど。

「偉いな。寝具、シーツまでうちの製品じゃないか」

「え？」

にこにこしながらポンッとベッドの上掛けを叩く。それを聞いて夢乃は驚いた。

「タグを見たわけじゃないのに……。よくわかりましたね」

「社の製品は、糸から布まですべて厳選した完全オリジナルだ。独特の光沢《こうたく》と手触りでわかる」

「すごいですね！　さすがは副社長！」

お世辞抜きですごいと思う。彼は部屋の外から夢乃のベッドが目に入り、寝具が気になったのだろう。遠目で見ただけで自社製品がわかる。これは、元企画部のホープだった慎一郎にも自慢できるレベルだ。

「ただ一点、いただけない点があるな」

副社長はベッドの頭側に回り、枕をポンッと叩いた。

「この枕は、長谷川さんに合っていないと思う」

「そうですか？　気になりませんでしたけど……」

ベッドのそばへ寄り、身をかがめて枕を見下ろす。すると、突然大きな手が、夢乃の頭頂部からうなじにかけてのラインをなぞってきた。

ビクッと震えて身体が固まる。咄嗟《とっさ》に反応してしまったことが恥ずかしかったが、副社長は特に気にした様子はなかった。

「枕の形、というより、高さが長谷川さんに合っていない。これは気づかないうちに首への負担が大きくなってくるパターンだ。……そうだな……精神的な緊張を抱えて眠ったとき、眠りが浅く感じる。緊張が続く限り似たようなサイクルで目が覚めやすくなる……。そんな経験はないか？」

「……あっ」

夢乃は思わず声をあげてしまった。

企画を詰めているときや忙しい時期になると、夜中に目が覚めることがよくあった。ただのストレスだと思い込んでいたが、別の要因があったらしい。

「肩の高さや幅も問題になってくる。さらに生活環境も一考する必要がある」

副社長は流れるように話を続ける。だが、夢乃は身をかがめたまま身体を起こすことができない。なぜなら、彼の手がまだうなじの上に置かれているからだ。さらにその手は、夢乃の肩の両端を行き来し、なにかを確かめているように動く。

「どうしてこんな合わない枕を使っていたんだ？　コンシェルジュチェックは受けなかったのか？」

「は、はい……、自己判断で、全部選んでしまって……」

「それはいけない。よし、俺が全部選び直してやる」

「そ、そんなっ、忙しい副社長にそんなことをしていただくわけには……っ」

「遠慮をするな。大事な社員の安眠をサポートできるなら、俺もやりがいがある」

夢乃の肩をポンッと叩き、大きな手が離れていく。会社にいるときのような凛々《りり》しい表情で微笑まれ、ドキンとした拍子《ひょうし》に背筋が伸びた。

再び過剰な反応をしてしまった気がして、落ち着かなくなる。夢乃は照れ隠しに急いで話題を変えた。

「あ、あの……お弁当食べませんか。わたしがテーブルを用意をしておきますから、そのあいだに副社長は着替えてきてください」

「そうか？　じゃあ、そうするかな」

「あれって、有名な料亭のお弁当ですよね。初めて食べます」

「じゃあ、今度一緒に食べに行くか？　奢《おご》るぞ」

「めっ、めっそうもないっ！」

夢乃は慌てて手と首を振る。金額が気になるのもあるが、誰かに見られたら……という心配のほうが大きかった。

「こうしてお弁当をご相伴《しょうばん》させていただけるだけで、ラッキーです。それに、ルームシェアのおかげで、眠り王子自《みずか》らコンシェルジュチェックをしてくださるなんて。社員でもなかなないことですからね」

食事の誘いは社交辞令だったとしても、それを即断ったのではイヤがっているのだと誤解されかねない。こうしたやりとりを照れ臭く思いながら、副社長に顔を向けた夢乃は……笑顔のまま固まった。

「……君まで……、そのあだ名で俺を呼ぶんだな……」

そう呟《つぶや》いた彼は、わずかに眉を上げ夢乃から顔をそらしている。

一週間一緒にいた夢乃にはわかる。

彼は、怒っているのではない。困っているように見えて、実は照れている。

そんな顔だ。

(副社長が？　照れてる？)

呆然として、彼の表情に見入ってしまう。しかしすぐにハッとして、夢乃は慌てて口を開いた。

「す、すみませんっ、そう呼ばれていると耳にしたので……。つい気易く口にしちゃって……」

「いや……、別にいい。そう呼ばれているのは知っているし、実際、取引先でもたまに言われるからね」

「やっぱり……、そう呼ばれるのは恥ずかしかったりするんですか？」

探るように少し声をひそめる。彼は「まあ、そうかな」と呟《つぶや》くように言い、一度夢乃を見て苦笑した。

「じゃあ、これはテーブルに置いておく」

「は、はいっ」

風呂敷包みをかかげて見せて、副社長が部屋を出ていく。すぐそのあとに続いてもよかったが、なんとなく出づらいものを感じて、ひとまず彼を見送った。

(副社長……、あんな照れた顔するんだ……)

思い返し、カッと顔が熱くなった。

あんな顔を見せられて、照れてしまうのは夢乃のほうだ。

彼のあだ名の発端《ほったん》となった、スリープコンシェルジュチェックは四年前に発足《ほっそく》し、飛ぶ鳥を落とす勢いで業績を伸ばした。

四年前、彼はまだ二十七歳。「王子」と呼ばれてもそんなに気にはならなかったのかもしれないが、さすがに三十一歳になってまで「王子」と呼ばれるのは恥ずかしいらしい。

(で……でも……でも、あの反応は……ちょっと……)

反則だ。と、思う。

不覚にも——かわいい、と思ってしまった夢乃だった。

リビングテーブルに置かれていた風呂敷包みを解きながら、夢乃はちらりと副社長の寝室へ続くドアに目を向けた。

彼を照れさせてしまったことがなんとなく気まずい。

（あーんな照れた顔見ちゃうとね〜。どうしよ……）

意外なものを見られて少々得した気分なのは否《いな》めないが、副社長が気にしないかが気になった。

「わぁ……」

そんな心配事を押しのけて、夢乃は目の前に現れた光景に思わず感嘆の声を漏《も》らす。

お弁当二人分にしては随分と背の高い風呂敷包みだとは思ったが、一人分が二段重ねのお重になっていたのだ。

「どうした？」

声をかけられ顔を向けると、着替えを終えた副社長がこちらへ向かってくる。一瞬戸惑ったものの、夢乃は驚きを隠せないままお弁当を指差した。

「す、すごいですね。二段ですよ、二段」

「ん？　ああ、夜用メニューだからだろう。昼だとたいてい一段だ」

夢乃は驚いているというのに、副社長はなんでもない顔をしている。つい思うままに追及してしまった。

「時間で段数が変わるんですか？」

「レストランのコース料理だって昼と夜では違うだろう」

「昼と夜で変わるなんて、ホテルとかのビュッフェくらいしか経験ありませんよ」

「そうか？　意外だな。食べ物のことは女性のほうが詳しいものかと思っていた」

「なんですかその偏見は。高級なものは別です。でも、ファミレスとかのメニューなら副社長より語れる自信がありますっ」

「そのうちご教授願うよ」

そう言って、副社長が軽く笑いながら席につく。彼の様子を見て夢乃は気持ちが軽くなった。

先程の出来事を、彼は気にしてはいないらしい。

（よかった……）

ホッとした途端に食欲が出てきたような気がする。夢乃はお弁当とお箸《はし》を副社長の前に置くと、自分も向かい側の席についた。

目の前に副社長がいる光景にドキリとする。考えてみると、二人で一緒のテーブルについて食事をするのは初めてではないか。

緊張し始めた自分を感じながら、夢乃はお重のふたを取った。

「わぁ……」

先程も同じような声を漏《も》らしてしまったが、今度は、お重を開いて漏《も》れた感嘆だ。

二段のお重には十字に仕切りが入り、それぞれに芸術的に盛りつけられた料理が詰められている。

白飯は花の形を作り、並ぶ炊き込みご飯は筍《たけのこ》だろうか。錦糸卵《きんしたまご》やらイクラやらが計算されたように散らされていて、夢乃が知っている筍《たけのこ》ご飯とは別物のように感じる。

季節のものと思われる口取《くちとり》や煮物も同じく別世界の繊細さだ。

こうなってしまうと焼き魚に添えられている茗荷《みょうが》までが高級品に思えてくる。魚は白身だが鯛だろうか喉黒《のどぐろ》だろうか。なんにしろ高級魚に違いない。

絶妙な焼き加減のカットステーキも、お野菜のてんぷらも、香《こう》の物《もの》に至るまでワンランク上に感じてしまった。

(重役さん用のお弁当なんて、二度と食べられないだろうなぁ)

そう思うと、冗談抜きで役得だと思える。夢乃は箸《はし》を取り、「いただきまーす」と口にする。

……と、副社長がジッと彼女を見ていることに気づいた。

(え？　なに？　なんかわたし、豪華なお弁当見ながらニヤニヤとかしてた？)

無意識の行動に不安を覚えつつ、副社長に笑いかけながら尋ねる。

「あ、あの、副社長、ビールでも出しますか？　こういうときは日本酒のほうがいいでしょうか」

「ん？　長谷川さんは飲む？」

「いいえ、わたしは。せっかくの美味《おい》しいご飯に集中します」

「アルコールは嫌い？」

「嫌いではないです。でも、そんなに飲むほうじゃないです。特に家でご飯を食べるときは飲まないですね。外食で出たら飲みますけど」

「どんなのが好きなの？」

「好きなのはカクテル系ですね。甘いやつ……」

調子よく答えていて、ふと言葉を止める。こんな、趣味嗜好《しゅみしこう》の話をしたのは初めてではないだろうか。

副社長とこんな話ができるようになったんだということに感動すら覚える。自分もなにか質問してみようかと考えた。

しかしそれは副社長のプライベートを聞くということだ。そう思うと躊躇《ちゅうちょ》する気持ちが大きい。

「長谷川さんがいらないなら、俺もいらない」

夢乃が迷っているうちに、副社長はサラリと言って食事を始めた。

　もしかして副社長は、自分に気を使ってくれたのではないだろうか。もし夢乃が「飲む」と言っていたら彼も飲んでいたかもしれない。

（食事のときにお酒飲むタイプじゃないのかな……。ときどきビールの缶とか出ているけど……）

　そんな心配も、食事を始めた瞬間に吹き飛ぶ。

　上品で繊細。見た目通りの美味《おい》しさとはこのことか。

　感動のままパクパクと箸《はし》を進める。何気なく顔を上げると、またもや副社長がジッと夢乃を見ている。なんとなくなにか言いたそうな雰囲気を感じ取り話しかけようとしたが、目をそらした彼が自分の食事を再開させたため、話しかけるタイミングを失った。

（お、お行儀悪かったのかな……。夢中になって食べてたし。なんか恥ずかしいな）

とは思えど、美味《おい》しいものは美味《おい》しいのだからしようがない。

　こういったお弁当を食べる際、なにか特別な作法でもあるのだろうかとも考えたが、あったとして目に余るようなら副社長がなにか言うだろう。

「あの、副社長、美味《おい》しいですね」

　ドキドキしながら控えめに話しかける。すると、顔を上げた副社長がふわりと微笑んだ。

「ああ、そうだな。……一緒に食べる人がいると、特別美味《おい》しく感じる」

その微笑みに、惹きつけられる。夢乃はしばし彼を見つめ、「わたしも、そう思います」と答えて二人笑みを交わした。

「長谷川さんが気に入ってくれて、よかった」

副社長の言葉が、まるで特別なもののように感じてしまう。会議で余ったお弁当を持ってきてくれただけなのに、まるで、夢乃のために用意してくれたような気持ちになり……ちょっとだけ、特別感に浸《ひた》った。

こうして、終始穏やかな雰囲気で二人は食事を終えたのだった。


「お茶どうぞ」

先に食事を終え、リビングのソファーでくつろいでいた副社長にお茶を持っていく。新聞から顔を上げた彼にちょっとキョトンとした顔で見られたせいかドキリとした。

「あ、コーヒーのほうがよかったですか？　和食のあとだから緑茶のほうがいいかと思ったんですが」

部屋ではコーヒーを飲んでいる姿しか見たことがない。変に気を回さないで素直にコーヒーを淹《い》れたほうがよかったかもしれない。

そう思って一度置いた湯呑みをさげようと手を出したとき、彼が先にそれを手に取った。

「いいや、お茶でいい。ありがとう」

「コーヒーも淹《い》れますか？」

「そんなに気を使うな。ここで夕食後にお茶が出てくるなんて初めてだったから、ちょっと新鮮な気分になっただけだ」

副社長はいつも帰ってくる時間が遅かったり、接待や残業などで家で食べない日も多いので、同居してから夕食を一緒に食べたのは初めてだ。

彼が家で夕食を取っているとき、夢乃はたいてい自分の部屋にいるか入浴している。副社長は食べ終わると自分で片づけてくれるので、気がついたときにはリビングからいなくなっているのがほとんどだ。

「すみません。副社長は一人でお食事をするとき、書類を見たりお仕事をされていることが多いので、できるだけ邪魔をしないように部屋に引っ込んでいたんですけど。今度から、お茶を出すタイミングに気をつけますね」

兄の慎一郎と暮らしているときがそうだったのだ。忙しくなると食事中も仕事をしていて、そんなときは夢乃にさえ話しかけられるのをいやがった。

真剣に仕事に集中したいときは一人にしてほしいものではないか。夢乃だって企画立案などで詰めているときは一人でじっくりやりたい。

夢乃がそう言うと、なぜか副社長はわずかに目を見開く。なにかおかしなことを言ってしまっただろうかと不安に思ったとき、彼に苦笑された。

「いや、そこまで気を使ってくれなくていい。君はルームメイトで、お手伝いさんじゃないんだから」

「副社長は、ご自分でお茶を煎《い》れないんですか?」

ふと気になって聞いてみる。

「煎《い》れないわけじゃないが、食後にお茶を煎《い》れようと考えたことがないな。部屋にこもったら食事自体を忘れることもあるし」

「お茶は忘れてもご飯は忘れちゃ駄目ですよ。副社長、大きいんですからご飯を抜いたら身体に栄養が行きわたりませんよ」

冗談半分、本気半分で出た言葉だった。しかし彼は、次の瞬間、飲んでいたお茶で軽くむせてしまったのである。

「すみませんっ、つまらないこと言っちゃってっ。あの、大丈夫ですか?」

夢乃は慌てて手に持っていたお盆をテーブルに置き、副社長に近づく。背中をさすろうと手を伸ばすが、触れる直前でハッと動きを止めた。

(背中……、触ったりしたら失礼かな……)

考えすぎともとれる遠慮が胸を埋める。下心があるわけじゃない。そう思い直すが、迷った身体は動かない。そうこうするうちに、伸ばしていた手が副社長に掴《つか》まれた。

「いや、大丈夫。……君のせいじゃない」

手を掴《つか》まれただけでもドキリとするのに、さらに困ったような笑顔を見せられてしまい、不覚にも体温が上がった。

「しかし、この年になって、ご飯を抜いたら駄目だと言われるとは思わなかった」

自分より年上の男性に対して失礼な言いかただったろうか。だが、副社長にはツボだったらしく、まだ肩を揺らして笑いをこらえている。

失礼なことを言ってしまったのかもしれないが、副社長の身体を心配しての言葉を笑われているようで、夢乃はちょっとムッとした。

「だ、だってですね、副社長、ほんとに大きいじゃないですか」

「そうか？」

「そうですよっ。近くでずっと見上げていたら首が痛くなります。今なんセンチあるんですか？」

「一八〇センチくらいだ。長谷川さんは？　一六〇センチくらい？」

「……一五五センチ……、あるかないかです……」

「え？　そんなに小さくないだろう？」

おもむろに立ち上がった副社長が、夢乃の頭に手をのせる。高さを確認するようにその手を少し上へ浮かせ、またのせる。何回かそれを繰り返し、彼は「あれ？」と呟《つぶや》いた。

「おかしいな……。会社で見たときとなんとなく違うような……」

「会社では……五センチヒールを履いているので……」

「ああ、それでか」

「今まで気がつかなかったんですか？」

「たいてい、並んでいても寝転がっているだろう。俺が抱きやすい位置に君の身体を持ってくるから、身長とか気にしていなかった」

納得してうなずかれたが、何気に恥ずかしいセリフである。

「長谷川さんこそ、たくさん食べて大きくなれよ」

「もう無理ですよ。この年でたくさん食べたら、大きくなるのは体重くらいです」

「こんなに細い腕をしているんだから、少しくらい太くなってもいいんじゃないのか？」

「あっ、女子になんてこと言うんですかっ。よくないですっ」

ムキになる夢乃を見て、副社長は苦笑しながら、掴《つか》んでいた手を放してくれた。

「悪いな。そういえば、女性に体重と年の話はしちゃいけないって、昔よく言われたよ」

「誰にですか？」

「ルームシェアをしていたドイツ人」

夢乃は目をぱちくりとさせる。

「副社長、外国の方とルームシェアしていたんですか？」

「留学していたころにな。アパートメントの住人全部が友人みたいな、アットホームなところだった」

「そうか、留学されていたんでしたね。なんとなく、広い部屋で優雅に一人暮らしかと思いました。まったく知らない人との暮らしに不安とかありませんでした?」

「ルームシェアは外国では普通のことだし、特に不安はなかった。フランス人とドイツ人、それとアメリカ人、四人で暮らしていた」

「多国籍で賑《にぎ》やかですね。言葉とかは、どうしていたんですか?」

「みんな英語だった。ただ、話をしていてエキサイトしてくると、みんな自国語が出たな。おかげで、フランス語にもドイツ語にも詳しくなったよ」

「すごいですね……。わたし、英語もあまり得意じゃないです」

ふと、兄の慎一郎に、英会話が堪能じゃないと同じ会社で働けないぞと、大学時代、からかわれていたことを思いだした。

慎一郎が仕事で外国を飛び回っていたのは、その英話力を買われてのことでもある。

そのおかげで、同期の中では一番の出世株として、しっかりエリートコースに乗っている。

(お兄ちゃんと違って、わたしは平平凡凡《へいへいぼんぼん》だし。これだから、いつまでたっても半人前扱いされるんだろうなぁ)

「その中のアメリカ人が、すっごく世話好きな人でね。掃除とか料理が得意で、そのあたりは頼りっぱなしだった」

「あっ、そういえば副社長って、なんでも物を積み上げて置く癖がありますよね。昔からそうだったなら、そのアメリカの方に怒られませんでしたか？」

「そうでもない。そもそも、片づけなくてはならないものをひとまとめにして点在させると、乱雑に見えないって教えてくれたのは、その人だ」

片づけかたがズルイ。あのとき感じたムズムズする違和感のもとは、ここにあったのか。

「もしかして、その方は女性ですか？」

もしかしたら、副社長が気軽にルームシェアを申し出たのは、もともと国や性別も関係ないルームシェアに慣れているからではないだろうか。

「いいや。みんな男だった。そのアメリカ人の彼とフランス人が恋人同士で、ときどき痴話《ちわ》喧嘩に巻き込まれて大変だったんだ」

「は？」

「外国人の喧嘩はハードだぞ。でも、仲直りすると迷惑かけてゴメンって言って、翌日のディナーが豪華になった」

当時を思いだしているのか、副社長はとても楽しそうにアハハと声をあげて笑う。

びっくりする内容を聞かされた気がするものの、夢乃は話の内容より副社長に対して驚いてしまった。

（こんなふうに、笑える人なんだ……）

ついつい、じーっと、その顔を眺めてしまう。眺めた、というよりは、見惚《みと》れていたのかもしれない。

「なに？」

あまりにもじっと見つめている夢乃をおかしく思ったのか、副社長が不思議そうに問いかけてくる。その声は穏やかで優しい。微笑んでいた延長でそうなったのかもしれなくても、夢乃の鼓動は、とくん……っと、特別な音を立てた。

「いえ、あの……、副社長、楽しそうだな、って」

頬が温かくなったことに焦りを感じる。夢乃は誤魔化し笑いをして顔をそらした。

「うん、留学中は本当に楽しかったから」

「そんなふうに笑うイメージがなかったので、ちょっと驚きです」

そう言うと、副社長は意外そうな声を出した。

「楽しいことを思えば、人は自然と笑顔になるものだ。そうだろう？」

「はい。……なんか、いいものを見た気分です」

「そんなに？　いったい俺は君の中でどういうイメージなんだ？」

夢乃は「んーっ」と視線を上にして考え、人差し指を立てて副社長に顔を向ける。

「こう、キリッとして、仕事に厳しくて、あまり声をあげて笑うとかしないイメージです」

思ったままを口にする。するといきなり顔が近づいてきて、飛び上がるほど驚いた。

「それは周囲の意見？　それとも長谷川さんの意見？」

「ええと……、わたしの意見かな……？　どっちかといえば。……すみません」

「謝らなくていい。なんか、随分とかっこいいイメージを持ってくれているんだな」

「でも、みんなそう思っていると思いますよ。副社長、大人っぽくてかっこいいし」

面と向かってこんなことを言うのは恥ずかしい。しかしなんとなく、この雰囲気が言うことを許してくれているような気がした。

ふと、先程眠り王子と口にしたとき彼が照れていたことを思いだす。容姿を褒《ほ》められたら、また彼は照れたりするのだろうか。

その顔がもう一度見たいと悪戯心《いたずら》が頭をよぎる。こんな感情に胸が高鳴るのは初めてだ。

「目の前で褒《ほ》められると気分がいいな。よし、調子にのって風呂の用意でもしてくる」

そう言った副社長の顔が目の前から離れる。どんな表情をしたのかわからないまま、彼は夢乃の横を通り過ぎた。

「風呂って……。い、いいですよ、わたしがやりますから！　まだ洗ってもいないし」

「そのくらいやるって。先週からずっと長谷川さんがやってくれているから、たまには俺がやらないと」

「ふ、副社長に、そんなっ」

「安心しろ。君が来るまでは自分でやっていた」

彼は振り向かないまま片手をひらひらと振り、バスルームへと消えていく。彼の顔が見られなかったのは残念だが、声の感じからして照れていたようにも感じない。

「やっぱり……、眠り王子が恥ずかしかったのかな」

気軽に「王子様」とからかって笑いあえたら、このルームシェアはもっと楽しいのに……

そんなことを考えてハッとする。

なにを馬鹿なことを考えているのだろう。彼は副社長で、自分は一時的に部屋を間借りしているだけの身だ。

いつかは出ていかなくてはならない。それを考えるとなぜか胸が痛くなる。

心を惑わせる、この感情はなんだろう……

不可解な胸の痛みに首をかしげながら、夢乃は普段会社では見られない副社長の姿に、表情を明るくするのだった。

＊＊＊＊＊

「……なにをやっているんだ……俺は……」

小声で呟《つぶや》き、優は両手を壁についてうなだれる。ハアッと大きく息を吐きながら、首を左右に振った。

「聞けなかった……」

完全な計画倒れだ。

わざわざ料亭に夕食用のお重を作ってもらい、会社で済ませられる仕事を持ち帰ってまで早く帰宅したのはなんのためだ。

(彼女に、恋人の有無《うむ》を聞くためだろう……)

夢乃が本当にこのルームシェアに納得しているのか、優は心配になっていたのだ。だが、それ以上に、彼女に恋人がいるかどうかが気になった。

アパートを出なくちゃならないと聞いたとき、恋人と喧嘩でもしたのかと気軽に聞いた。それに対してそんな人はいませんと返した彼女だったが、照れた勢い、またはプライベートなことを聞かれて咄嗟《とっさ》に「いない」と答えた可能性もある。

もし恋人がいるのなら、こちらの都合でルームシェアを決めてしまった自分は、立場を笠に着てとんでもないことをしていることになる。

食事中、何度も聞こうとした。だが、聞こうと思って夢乃を見ると、パクパクと美味《おい》しそうに食事をしている彼女がなんだかかわいく感じた。

まるで小動物の食事風景を見ているような微笑ましい気持ちになって、ついついそのまま眺めてしまったのだ。

そのうち、夢乃も優の視線に気づいてよく目が合うようになった。しかし質問の糸口が掴《つか》めず、なにげなく視線をそらすことを繰り返してしまう。

食事が終わってからも、話しかけるタイミングをずっと考えていた。

いっそ夢乃のほうから話しかけてきてくれないだろうかと考えていたとき、彼女からお茶を差し出されて少々驚いた。だがこれをきっかけに、恋人にもこうやってお茶を出してあげるのかと、かまをかけてみようと思い立つ。

しかしその思惑は、夢乃が優の食事中、姿を消している理由を聞いたことで潰《つい》えた。

だが……彼女のあの気遣いは、仕事をする男に対してのものだ。

一人にしてくれ、構わないでくれ、たとえ食事中でも仕事に集中させてほしい。

そう言われたわけでもないのに、彼女はそういう男の気持ちを知っていた。

つまり、彼女には、それをさせる恋人がいるのではないか……。

「なんとなく、恋人がいるようには見えないんだが……」

根拠のない呟《つぶや》きは、優の願望のようなもの。口にしたあと、彼はグッと唇を引き結ぶ。

もし恋人がいるなら、デートで出かけることがあるはずだ。優が知る限り、この一週間、夢乃にそんな気配はない。

もしかして同じ会社の人間か。会社で会っているから、たまにしかデートをしないという可能性もある。あるいは、遠距離恋愛という可能性も……

あれこれ考え、優は壁についた手に力を込める。苛立ちに任せて壁を叩いてしまいたいが、そんなことをすれば夢乃が心配して見に来るだろう。

『どうかしたんですか？　副社長』

ちょっとオドオドして、なにかあったのかと不安そうな顔で覗《のぞ》きにくる夢乃が想像できる。そんな彼女が優の苛立つ顔を見れば、より不安をふくらませるだろう。

「こんな顔……見せられない……」

優は壁から手を離し、身体を返して寄りかかる。落ち着こうと大きく息を吐いた。

『副社長。眠いですか？　ひと眠りしますか？』

落ち着こうとすると夢乃の顔が思い浮かぶ。ちょっと恥ずかしそうに、優を気遣う彼女の姿だ。優は、何気なく自分の両手に視線を落とした。

自分の腕の中に収まっている夢乃を思いだし、フッと口元が緩《ゆる》んだ。

――副社長、大人っぽくてかっこいいし。

先程の夢乃の言葉が耳によみがえり、緩《ゆる》んだ口元がさらにしまりなくなりそうな予感がして、優は片手で口を覆《おお》う。

自慢ではないが、容姿を褒《ほ》められることはよくある。だが、それに対して自惚《うぬぼ》れた言動はしないようにしているし、女性からそういう言葉をかけられても動揺することなどなかった。

なのに、どうして……

「どうして……彼女の言葉には反応した……？」

留学の話やルームシェアをしていたころの話を、あんなに自分からペラペラ話してしまったのは初めてだ。

自分の感情が、なにかおかしくなりかかっている。睡眠不足が解消されてきてコンディションはいいはずなのに。この不可解なもやもやしたものはなんだろう。

優は不快な表情でハアッと溜息をつき、軽く頭を振る。

とにかく、恋人の有無《うむ》は夢乃に確認しなくては。

だが、確認して、もし彼女に恋人がいたら……

当然、このルームシェアは即刻終了させなくてはならない。もちろん、抱き枕契約も、だ。

その直後、不可解な胸の痛みが優を襲う。

これは、なんだ……

そう思いながらも、この胸の痛みがなんであるか、優は薄々気づき始めていた。

＊＊＊＊

副社長がおかしい……

翌朝、夢乃はずっとそのことが頭から離れなかった。

その心配は出社してからも続き、ふとした瞬間に思いだしては仕事の手が止まる。

昨夜は結局、抱き枕を頼まれることはなかった。

仕事を持ち帰ってきていると聞いたので、就寝時にもお呼びがかかることはない。いつもだったら、仕事に入る前にひと眠りすることが多いのだが、副社長から必要ないと言われてしまった。

「長谷川さんのおかげで、かなり寝不足が解消されてきたように感じる。今夜は大丈夫だ」

そう言われて、なぜか胸が痛くなった。

……彼の不眠が直ってしまったら、自分はお役御免《ごめん》となる。

なんとなく気持ちが沈んでいた夢乃だったが、なぜか副社長のほうがもっと沈んでいるように見えた。しかも、明らかに寝不足なうえ、朝食もそこそこに出社してしまったのだ。

（どうしたんだろう、仕事が大変なのかな？）

自分が彼のためになにができるかわからないが、力になりたいと思う。ひとまず、今の自分にできるのは、社内プレゼンに選出された新商品企画をしっかり仕上げることだ。

夢乃のデータは、彼女が行《おこな》う社内プレゼンはもちろん、副社長が参加する大手スパハウスグループのコンペにも使用される。

「頑張ろう。うん」

もやもやする気持ちを振り払い、夢乃は自分に気合を入れる。

そのとき、唐突にもうひとつ、自分が彼のためになれることがあるではないかと思い至る。

夢乃は、副社長の抱き枕ではないか。

いくら寝不足が解消されてきたといっても、完全ではない。それに、おそらく彼は、昨夜ほとんど眠れていないように思う。

今、一番彼のためになるのは……

「そうだ、それよ、それっ」

思わず張り切った声が出る。それを仕事のことと勘違いしたのか、ちょうどうしろを通りかかった梓に勢いよく肩を叩かれた。

「がんばってるねぇ～！」

実は、頑張っている方向が少し違うのだが、夢乃はひとまずガッツポーズをして誤魔化したのだった。


副社長を眠らせてあげよう。

夢乃が、彼のために考えたのはそれだった。

睡眠不足は仕事に影響する。仕事に支障が出てどうしようもなくなって、一週間前までの彼は切羽詰《せっぱつ》まっていたのだ。

副社長は仕事が好きなのだ。この仕事に誇りを持っている。きっと今ごろ、昨夜眠れなかった影響が出てきているのではないだろうか。

もしかしたら、帰ってくるなり「長谷川さんっ！」と、抱き枕要請があるかもしれない。

副社長に求められる前に、寝室をすぐに眠れる状態にしておいてもいいかも。

「……さすがに、それは積極的すぎるかぁ……」

自分で考えたことに自分で照れてしまった。

マンションの夢乃の部屋は静かで、小さなひとり言すら、はっきりと室内に響かせる。

デスクに置かれたノートパソコンの冷却ファンの音さえ、耳につくほどだ。

夢乃は手をデスクに置き、壁の時計に目を向けた。

時刻は二十三時になる。副社長はまだ帰っていない。夢乃の部屋は玄関に近いので、これだけ静かなら帰宅した彼がドアを開ければわかる。

「忙しいのかな……」

自分から抱き枕になろうと決意してきたのに、自分のほうが先に眠ってしまいそうだ。

ハアッと小さく息を吐く。コーヒーでも淹《い》れようかと部屋を出ようとしたとき、いつもより三割増しくらい大きく感じるスマホの着信音が鳴り響いた。

「きゃっ……」

思わず声をあげてしまう。大きく聞こえたのは周囲が静かなせいだが、わかっていても驚いた。

「こんな時間に誰よ……もうっ」

驚かされたことに文句を言い、夢乃は開きかけたドアもそのままにデスクの上からスマホを取った。

「あれ？　お兄ちゃん？」

こんな時間になんだろう。すぐに応答すると不思議そうな慎一郎の声が聞こえてきた。

『夢乃、おまえ、固定電話はどうしたんだ？』

「え？」

急になんだろう。固定電話はアパートを出たときに解約した。でも、個人的な電話も仕事の電話も基本スマホにかかってくるので問題はないはずだ。

『母さんがおまえに電話をかけたら繋《つな》がらなかったって連絡を寄こした。電話番号を変えたのかってさ』

「お母さんが？　そんなのわたしのスマホにかけてくればいいのに……」

『実家の電話機が壊れて新しくしたらしい。それで、これまで短縮で入れていた携帯の番号がわからなくなったんだと』

それで固定電話のほうへ連絡してきたのか。状況はわかったがタイミングが悪い。悪いうえにマズイ。

『まさか滞納して止められたとかじゃないだろうな。おまえ、どんな生活して……』

「違うよ、お兄ちゃん、滞納なんてしてないから……」

『なら、生活費に困っているとかじゃないんだな。もしそうなら、おかしなところから借りるなよ？　まず俺に言え』

「違う、違う、違うってばっ」

心配症というか過干渉というか、慎一郎は相変わらずだ。

――これはもう、絶対にルームシェアのことなんか言えない。

「あんまり使わないし、ずっと解約しようって思ってたの。それより、お母さんはなんの用だったの？」

『ん？　ああ、明日、叔母さんと従妹《いとこ》たちが実家に来るんだって。夢乃が顔出せるか聞きたかったらしい』

「明日って、金曜日じゃない。無理かなぁ……」

『なんだ？　会いたくないのか？』

「会いたいけど、平日だし……」

『仲良かっただろ？』

「仲良しだよ。会いたいけど仕事が忙しいし、今回は無理かな……」

『わかった。じゃあ、母さんにそう言っておく』

「うん、お願い。ごめんね」

通話を終え、夢乃は嘆息してスマホを机の上に戻す。まさか固定電話から引っ越しがバレそうになるとは思わなかった。

もう少し。もう少しだけ誤魔化し続けることができれば、兄によけいな心配をかけることもない。

きっと、もう少し、なのだ。ここを、出ていくまでは……

——気持ちが落ち込んでくる。出ていくことを考えるたび、心が泣きそうになる。

最初のころは、問題が解決するまでの同居だと割り切っていたはずなのに……

廊下のほうでカタンっとなにかがぶつかる音がした。何気なく顔を向けた夢乃は、開きっぱなしのドアの前に副社長が立っているのを見て驚く。

電話中に帰ってきたのだろう。夢乃は急いで彼に近づいた。

「おかえりなさい、副社長。今日は遅かったんですね、お疲れ様です」

夢乃は笑顔を見せるが、彼は真顔だ。なんとなく機嫌が悪いような気がして、眠いのだろうかと心配になった。

もしかして、早々に抱き枕を要求したかったのに、夢乃が電話中だったので遠慮してくれていたのかもしれない。

「あの、副社長……」

「誰と、会いたいんだ？」

「え？」

抱き枕を申し出ようとした夢乃の声に、副社長の硬い声が重なる。彼はそのまま言葉を続けた。

「平日だなんだと気にしないで会いに行けばいい。仕事が終わったら必ずここで待機していなくちゃならないわけじゃないんだ」

「副社長？」

「仲良しで会いたいんだろう？　そんな、落ち込んだ顔をするくらいなら……」

「わたしは、従妹《いとこ》に会いに行くより、副社長の力になりたいんです」

副社長の言葉を遮《さえぎ》って、夢乃は大きな声を出す。

彼は寝不足で機嫌が悪いのかもしれない。昨日は、ほとんど眠れていないと思うのだ。

こんなときこそ、夢乃の出番ではないか。

「従妹《いとこ》……？」

「はい、だから……」

夢乃は部屋から出ると、副社長の前に立ち両手を軽く広げる。

「どうぞ、副社長。ひと眠り、してください」

相手の目がわずかに見開かれる。夢乃から進んで抱き枕になろうとするのは、ここにきてから初めてのことなので驚いているのかもしれない。

ちょっと恥ずかしいが、今の副社長にはこれが一番役に立つのではないかと思う。

「……君は……まったく……」

彼はそう呟《つぶや》くと、夢乃の腕を掴《つか》んで歩きだす。リビングを通り過ぎ自分の寝室へ入っていった。

さっそく、ひと眠りするらしい。夢乃はほっと安心するが、その直後、いきなりベッドへ放り投げられた。

「ひゃあっ……！」

ベッドの上で身体が弾む。思わずおかしな声が出てしまったのも驚くが、いきなり放られたのも驚いた。

体勢を立て直す間もなく上から押さえつけられる。顔を上げると、眉をひそめた副社長が間近から夢乃を見下ろしていた。

「なにを驚いた顔をしている。自分から誘っておいて」

いつもなら、おかしな言いかたをしないでくださいと文句を言えるのに、今はそんな軽口を言えそうな雰囲気ではない。

すぐに副社長の身体が覆《おお》いかぶさってくる。いつもは隣に寝た状態で抱き寄せられるのに……

正面から抱きしめられるのは、最初に彼が切羽詰《せっぱつ》まって抱きついてきたとき以来だ。

だがこの状態は、明らかにあのときとは違う。

「副社……長……」

そんなつもりはなかったのに声が震えた。背中に回った副社長の手。その指が動いただけでビクッと身体が震え、おかしな感覚が身体を走る。

片腕はしっかりと夢乃の身体を抱き、もう片方の手が脇をなぞった。ゾクゾクとした感覚に身じろぎ、夢乃の両足がじれったそうにシーツの上を動く。

「副……」

鼓動が速い。息が乱れて、声を出そうとするとおかしな吐息がこぼれそうになる。

「どうした？」

からかわれているのだろうか。しかし副社長の声もなぜか上ずっているように感じた。

気づくと彼の唇が夢乃の額《ひたい》から鼻筋をたどって下りてくる。初めてされる行為に驚き、無意識に身体が震えた。夢乃は身を縮めてギュッと目を閉じた。

頬が熱い。体温が上がっているのがわかる。脇をなぞっていた手が、服の裾から中に潜《もぐ》り込んだ。けれど、その手はそこでぴたりと止まった。

「……イヤじゃないのか？」

どうしてそんなことを聞くのだろう。そう思いながら、夢乃はゆっくりと目を開く。

「……副社長が……、眠れるなら……」

肌に触れている手がピクリと震えたような気がした。夢乃は震える声で言葉を続ける。

「わたしは……、副社長を眠らせるのが、役目ですから……」

「ここまでされてもなにも言わないのは、あれか？　部屋を借りる条件が、抱き枕だから、……副社長の命令だから仕方なくってやつか？」

夢乃は驚いて副社長を見た。

「そういうひねくれた考えかたしないでください。わたしは、命令されたから抱き枕になっているわけじゃありません」

お互い事情があったとはいえ、夢乃にとって今の環境はこれ以上ない好条件だ。打算があると思われても仕方がない。

確かに最初は、住居を確保するためだと割り切っていた部分もあった。けれど、短いながらも一緒に過ごして、今は他の思いのほうが強い。

「副社長は……、会社にとってとても大切な人です。だから……お仕事、頑張ってほしいんですよ。でも、副社長が言うように、いい仕事をするためにはきちんとした休息が必要でしょう?」

彼は服の中に潜《もぐ》り込ませていた手を出し、少し身体を浮かせてじっと夢乃の話に耳をかたむけている。

「なぜかわからないけど、わたしを抱き枕にしたら眠れるって言ったじゃないですか。眠れるってことは、落ち着けるってことですよね? わたしに、副社長がお仕事を頑張るお手伝いができるなら」

普通に考えれば、誰かの抱き枕になるなんておかしな話だ。それも恋人でもなんでもない男性にするなんて、貞操観念を疑われてもおかしくない。

それでも、副社長がなにより仕事に情熱を注《そそ》いでいると見ていてわかるから、自分にできることでなにか彼の役に立ちたいと思えたのだ。

「俺は……、仕事をするために休まされるのか……？」

「え？」

夢乃はドキリとする。

もしかしたら言いかたが悪かっただろうか。夢乃は純粋に仕事を頑張ってほしいという気持ちを伝えたかったのだが、もしかしたらひたすら仕事をしろと言っているように聞こえたのかもしれない。

慌てて説明し直そうとしたとき、彼がハアッと安堵の吐息をもらした。

「最高だな……」

「え？」

「そう言われると安心する。俺は、必死に仕事をしていても許されるんだって……思える……」

「副社長？」

「君は、本当に俺をホッとさせてくれるな……」

「あ……」

ありがとうございますと言いたかったのに、言葉が出ない。

副社長の顔が、今までの険しさを感じさせるものから穏やかなものへと変わっていたからだ。

覆《おお》いかぶさっていた彼の身体が横に転がり、いつものように抱き寄せられる。これまでと同じ抱き枕のときの体勢になってホッとした。

キュッと抱きしめられて鼓動が跳ねる。同じ抱きしめられるのでも、先程とは違う、温かなものが胸の中に広がっていった。

身体に回された副社長の手が、ときおり控え目に動く。肩口のあたりを撫でたり柔らかく掴《つか》んだり。

すごくドキドキする……

緊張がまじったドキドキとは違う気がした。柔らかく抱きしめられる腕の強さが、すぐ近くに感じる少し高めの体温が……とても心地よい……

彼に優しくされて、じわじわと胸に湧き上がってくる温かい気持ちはなんだろう。

「……副社長……」

彼の胸のシャツを掴《つか》み、そこに顔を寄せる。——このまま、ぴったりと寄り添ってしまいたい衝動でいっぱいになった。

副社長の片手が夢乃の頬をなぞり顎《あご》の下に添えられる。ちょっとくすぐったくて肩をすくめると、そのまま顔を上向かされる。

思っていたより近くで彼と目が合い、そらせなくなった。そのまま見つめていると——そっと唇が重なった……

唇に触れる柔らかな感触を自覚して、夢乃は動けなくなる。

目の前に瞼《まぶた》を閉じた彼の顔があるのが恥ずかしくて、夢乃も目を閉じた。

「……副社長と……呼ぶな……」

触れていた唇が、そう囁《ささや》きながら離れていく。

「ずっと気になっていた……。帰ってきてまで、俺を副社長にするな……」

夢乃にとっては普通のことでも、彼からすれば帰ってきてまで副社長扱いを受けるのは落ち着かないことだったのかもしれない。

「す、すみません……」

返事をした声が震える。薄く瞼《まぶた》を開くが、彼の顔を見るのが恥ずかしくて視線を横に流した。彼の手が顎《あご》から離れたのをいいことに、顔をうつむかせる。

「今度そう呼んだら、問答無用で口をふさぐからな」

「は、はい……」

よほど気にいらなかったのだろうか。しかし、だとしたら夢乃は彼をなんと呼んだらいいのだろう。

副社長は夢乃を「長谷川さん」と呼ぶ。だったら夢乃も「蔵光さん」でいいだろうか。

（な、なんか、照れるなぁ……）

呼びかたを変えるだけで鼓動の速度が上がる。なんとなく今までより彼に近づけたような気がしたのだ。

　すると、軽く身体を押され、腕から解放された。

「今日はもういい。長谷川さんは自分の部屋で休め」

「え……？　あの……」

　戸惑いつつ身体を起こし副社長を見る。彼はゴロンと仰向けになり、片手を目の上にのせた。

「でも……まだ、ひと眠りしてませんよね……」

「今は眠れる気がしない」

「だったら、眠れるまでおつきあいします」

　彼はなにも言わない。薄闇の中に見える顔をじっと見つめていると、その口元がふっと歪《ゆが》んだ。

「……俺は……ルームシェアの際、絶対に君に手を出さないと約束した……」

　そう言われて思いだす。あのときは納得しようとしてしきれず、夢乃は随分と疑心暗鬼になった。

「今……君がここにいたら、俺は、その約束を守れそうにない……」

　ビクッと身体が震える。どうしたらいいかわからなくて黙っていると、副社長がフッと笑った。

「……行きなさい」

上司が部下に命令をするような厳しさを感じる声だった。夢乃はなにも言うことができず、ベッドを下りる。

部屋を出ようとしたところで立ち止まり副社長を見るが、彼は変わらず仰向けになったまま目を手で覆《おお》っていた。

静かにドアを閉めて自分の部屋に戻った夢乃は、部屋に入った途端に力が抜けてその場に頽《くずお》れる。

両手で胸を押さえ、身を縮めた。

「……副社長……」

胸が苦しい……。

嗚咽《おえつ》が漏《も》れ、閉じた瞼《まぶた》に涙がにじんだ。

彼が触れた唇が熱い。でも、その余韻を喜ぶ気持ちを必死に押しとどめようとする自分がいる。

「副……社長ぉ……」

彼を尊敬している。自分の企画を認めてくれた人。副社長のためになにかしたい、副社長の力になりたい、そう思った人。

涙が頬を伝う。

悲しいのではない。

彼に感じ始めていた不確かな気持ちを、ハッキリ自覚してしまったことがつらかった……

翌朝、夢乃が目覚めたとき副社長はすでに部屋にいなかった。

いつもより随分早い出社だ。早朝会議でもあるのだろうか。いつ出ていったのかまったくわからなかった。

――夢乃を避けて、気づかれないように出ていったのではないか……

「まさかね……」

頭に浮かんだ考えを否定し、自分を納得させようとする。だが、昨夜の彼を思いだすと「もしかして」という気持ちが強くなる。

手を出さないという約束を守れそうにないと言った彼。あれは、どういう意味だったのだろう。

彼だって男の人だ。よくわからないけど、男性は気持ちがなくたって、女性と密着していれば、そういった衝動に駆られることがあるとどこかで聞いた。

最初こそ眠ることに必死だったのが、症状が改善されてきて別のことに意識が向くようになったのかもしれない。

それとも……、ただの抱き枕ではなく、夢乃自身を見てくれるようになった……？

考えた途端、どきんと胸が高鳴り、体温が上がった。

どうしたらいいかわからなくなって、自分の気持ちの置き場に困る。

もしそうだったら嬉しいのに、と思う自分がいる。

だが……浮き立った夢乃の気持ちはすぐに下降を始めた。

(そんなわけ、ないか……)

ルームシェアを始めたきっかけはなんだった？

彼が夢乃を必要とした理由はどうして？

——眠るために、最適の抱き枕が必要だったからだ。

「副社長……」

抱き枕ではない夢乃を求めるのは、彼が回復している証拠だろう。

このルームシェアは、ほどなく終わるのかもしれない……

「部屋……、探さなくちゃ……」

力なく呟《つぶや》くと、目に涙がにじんだ。

この日、いつも通りオフィスでプレゼンの準備に追われていた夢乃は、一本の内線電話を血の気が引く思いで受けた。

かけてきたのは副社長秘書だ。

週末である今日は、この一週間でまとめたデータを副社長室へ届けることになっている。だが、そのデータを副社長室ではなく秘書課へ届けるようにとの連絡だったのだ。

「あの、直接お伝えしたい部分があるのですけど……」

『それでしたら、その部分についてわかりやすく文書でまとめておいてください。質問があればこちらからお伺《うかが》いします』

「副社長に、お会いすることはできますか？」

『今日は無理です』

取り付く島もない。仕事であれば彼の顔が見られると思ったのは甘い考えだった。

──今朝感じた、夢乃を避けたという考えは、あながち間違っていないのではないか。

さらに夢乃を落ち込ませたのは、秘書課で対応に出たのが先日エレベーターホールで夢乃を牽制《けんせい》してきた女性だったことだ。

「今後も、副社長への用事は必ず秘書課を通してくださいね。副社長はお忙しい方だから」

丁寧なようで、皮肉と嫌味がたっぷり混じった言葉だった。副社長は、めったなことでは社員を個人で呼びださない。それなのに一介の女性社員が直接呼びだされたということが、よほど気に入らなかったらしい。

気持ちがどんどん沈んでいく。なんとなく、もう今までのように副社長には会えないのではないかという思いに駆られた。

（そんなわけ、ない……）

だが、その日の夜、日付が変わっても彼はマンションへ帰ってこなかった。

副社長に避けられている。その事実に、夢乃のほうが眠れなくなる。

薄暗い部屋で、夢乃はベッドの上に膝を抱えて座ったまま、副社長が帰ってくるのを待つ。

部屋のドアは開けっぱなしにしてあった。これなら、どんなにこっそり玄関のドアを開けても、わかるはずだ。

何気なく壁掛け時計に目を向けると、午前一時を示していた。

彼は今日、帰ってこないのだろうか。もしかしたら、また会社の仮眠室にいるのかもしれない。

気づいてしまった自分の気持ちがつらい。

ここにいたところで、夢乃にはどうすることもできないことなのに。

膝を抱えたまま、コロンとベッドに転がる。

鼻の奥がツンとしてきて、溢《あふ》れそうになる涙をこらえるために、夢乃は強く目を閉じた。

「……副社長……」

胸の奥に置いておかなくてはならない言葉を、夢乃はこっそりとこぼす。

「……好き……」

呟《つぶや》くだけで、胸が苦しい……

――ふと目を開ける。あれからどれくらい経ったのか……思考がぼんやりしている……

いつの間にか自分が眠っていたことを悟る。室内が日の光でわずかに明るい。ぼんやりしたまま部屋のドアが閉まっているのが目に入る。次の瞬間、夢乃は勢いよくベッドから飛び起きた。

ドアが閉まっているということは、副社長が帰ってきているということだ。

(副社長……いつ帰ってきたんだろう)

おまけに、夢乃の身体の上には自分のものではない肌掛け布団がかけられている。見本でしか見たことのない、自社の高級寝具シリーズだ。それも、シングルではなくダブルサイズ。

間違いない。きっとこれは、副社長がかけてくれたのだろう。

夢乃は急いでベッドから下り、部屋のドアを開ける。その瞬間、リビングから出てきた副社長と目が合い一瞬身体が固まった。

「お……おはようございますっ……、副社長っ……！」

思わず、声が裏返ってしまった。慌てるあまり、自分が寝起きであること失念していた。動揺しながら、乱れているだろう髪を手で押さえる。

「おはよう。いくら六月でも、なにもかけないで寝ると風邪をひくぞ」

「あ……、すみません。あの、肌掛けありがとうございました」

真面目な顔で注意されてしまい、夢乃は恐縮しつつ部屋を出て頭を下げる。顔を上げ、なにか言おうと口を開くが、どれから話したらいいのかわからない。

何時に帰ってきたのか、とか、昨日は忙しかったのか、とか、眠くないか、抱き枕は必要ですか、とか……

どれか選ぶなら、最後の質問を一番にしたい。しかし夢乃は副社長の格好を見て不思議に思った。彼はスーツを着ている。今日は土曜日だし、会社は休みのはずだ。

「あの、副社長、どこかにお出かけですか？」

「ああ。会議があるんだ。そのあとはクライアントと会食」

「そうなんですね……。あの……」

「ん？」

「……眠く、ないんですか？」

おそるおそる尋ねた質問に返事はない。気まずい思いが胸を占め、つい夢乃は思い切ったことを口から出してしまった。

「お、お帰りになってからでも、抱き枕になりますよ。わ、わたしもちょっと眠いから、副社長と一緒に寝ちゃうかもしれないですけど」

次の瞬間、副社長の両手が夢乃を挟むように伸びてきた。すぐに壁に手をつくバンっという大きな音が聞こえて、夢乃はビクッと身を縮める。

「副社長と……呼ぶなと言っただろう……」

彼の顔が近づき、唇が重なる。チュッと強く吸われ、身動きできないまま身体を強張《こわば》らせた。

「呼んだら、口をふさぐと言ったはずだ」

わずかに唇を離して囁《ささや》かれる。かかる吐息が熱くて、くすぐったい。

頬が熱を持つ。彼の身体が離れても、恥ずかしくて顔が見られなかった。

「す……すみませ……」

うつむいたまま顔を上げられない夢乃をその場に残し、副社長は玄関へ向かう。それに気づいた夢乃は、震えそうになる脚をなんとか動かし、見送りのため、そのあとに続いた。

彼は振り向くことなく、そのまま玄関のドアを開ける。そして……

「……今晩、食事に行こう」

「え？」

背を向けたまま、副社長がそう言った。

「この近くに、気の利いたレストランがある。今夜はそこで食事をしよう」

「レストラン？　……一緒にですか？」

「なんだ、イヤか？　フランス料理は苦手か？」

「いいえ、そんなことは……、というか、フランス料理はあまり食べたことないです。でも、あの、二人で出掛けたりして大丈夫ですか……もし、誰かに見られたりしたら……」

なんといっても、自分たち二人の関係は特殊なのだ。

会社の副社長と女性社員。もしも二人を知っている会社の人間に会ってしまったら、なんて説明したらいいのだろう。

ルームシェアをしている同居人同士で納得してもらえるとは思えない。

「……もしものことがあったら、ふ……く、蔵光さんにご迷惑が……」

戸惑う夢乃の声で、彼は言いたいことがわかったようだ。

「ここから歩いて十分もかからない場所だ。隠れ家的な場所で完全個室。行き帰りにさえ気をつければ、知人に会う心配はない。ちなみに、これまでこの近辺を歩いていて会社の人間に会ったことはないな。それとも、長谷川さんの知り合いが近くに住んでいるのか？」

「いいえ……。こんな立派なマンションばかりのところに知り合いは……」

「どうしても心配なら、離れて歩けばいい。それなら問題ないだろう?」

そう言った彼の声が、わずかに苛立っているように聞こえた。

「今日は早めに帰るから、部屋で待っていてくれ」

彼は背中を向けたままそう言って玄関を出ていく。

「……すみません」

いなくなってから謝ってもしようがない。

一緒に出かけると思った瞬間、誰かに見られたらどうしよう、と心配になったのだ。

彼はそこまで深く考えてのことではなかったかもしれないのに。

せっかく食事に誘ってもらったのだから、素直に喜べばよかったと後悔した。

実際、すごく嬉しいし楽しみだ。

なにより、副社長に誘ってもらえたという事実が、夢乃の心を浮き立たせる。

なんとなく気まずくなっていたので、気を使って誘ってくれたのかもしれない。

(副社長と食事かぁ……)

やっぱり副社長と呼んでしまっている自分に気づき、夢乃は唇に手を当てる。

これ以上はダメだとわかっていても、そこに残る彼の感触が、嬉しかった……

副社長と食事に行けるのは嬉しいが、終始気まずい雰囲気だったらつらい。

そんな心配をしていても浮き立つ気持ちは隠せない。夢乃はついついかわいめのワンピースをセレクトしてしまった。

食事に誘ってもらったのが嬉しかったというのが見え見えではないだろうか。張り切りすぎていると思われて呆れられたらどうしよう。やっぱり着替えようかどうしようかと悩んでいるうちに副社長が帰ってきた。

夢乃の心配は考えすぎに終わり、彼は特に口出しをすることなく自分の着替えを済ませ、二人一緒にマンションを出たのである。

「不安なら、十メートル離れてうしろからついてきたらいい」

「は、はい……」

今朝の話題を持ちだされ、ちょっと胸が痛い。あんなよけいな心配をしなければ、普段着の副社長と一緒に歩けたのに。

ノーネクタイにジャケットを羽織った彼はいつもと違うかっこよさがある。こんな彼と歩けることなんて、おそらく二度とないだろう。

そう考えるとちょっとシュンとする。気持ちが沈みかかる中、五メートルほどの距離をとる。もう少し離れたほうがいいだろうかと考えたとき、前を歩く副社長が口を開いた。

「残念だな」

「……はい？」

「お洒落《しゃれ》をした長谷川さんと歩けるチャンスだったのに」

夢乃は目を見開く。同時に耳を疑った。言われた言葉にも驚いたが、副社長の声が以前までの感じに戻っているような気がしたのだ。

「ワンピース。会社や部屋にいるときの雰囲気とまた違って、似合っている」

うだうだと悩んでいた気持ちが一気に晴れてしまう勢いで気持ちが明るくなる。五メートルだった距離を三メートルに詰めて、夢乃も急いで声をかけた。

「あ、あの、く、蔵光さんも……似合ってます。すごくかっこいいですよ」

「そうか？」

「は、はいっ」

張り切って返事をする。しかしそのあとの反応がない。やっぱり少々はしゃぎすぎだろうか。

後悔する夢乃の耳に、軽く笑う副社長の声が聞こえた。

「お互い粧《めか》し込んで……デートみたいだな」

衝撃的な言葉に返事ができない。止まりそうな足を頑張って進めて彼の背中を追う。

「……は、言いすぎだな」

「そんなことないです。あの、嬉しいです！」

副社長の声がなんとなく後悔しているように聞こえて、夢乃は慌てて口を出した。

「ありがとうございます。誘っていただけて嬉しいです。……あの、粧《めか》し込んじゃうくらい……」

「俺もだ」

笑いながらそう返してくれた言葉が嬉しい。沈んでいた気分が見事に浮上した。

――連れてきてもらったレストランはとても雰囲気がよく、通された個室も小さいながらお洒落《しゃれ》で上品な部屋だった。料理も美味《おい》しく、フレンチに想像していたハードルの高さがない。

夢乃が喜んでいるからか、副社長も笑みが絶えない。

――それが、一番嬉しかった気がする。

普段あまり飲まないワインが美味《おい》しく感じられて、夢乃はつい飲みすぎてしまった――

「なんていうか、もーっ、すっごく美味《おい》しかったですっ」

食事を終えた帰り道。我ながらご機嫌だなと思うものの、夢乃は自分でそれを制御できない。

楽しいんだからいいじゃないか。そんなポジティブな気分になっていた。

「ワインってあんまり飲んだことなかったんですけど、なんなんですか、あれ？　美味《おい》しくてボトルごと飲めそうでした」

副社長の横にぴったりくっついて歩く夢乃は、両手で握りこぶしを作り、彼を見上げて満面の笑みを浮かべる。

同じようにワインが回っているからなのか、彼も笑顔だった。

最近はいつも難しい顔をしていた彼が笑っているのが嬉しくて、夢乃はさらにご機嫌になる。

「ボトルごと飲んでもよかったんだぞ。それはなかなか面白そうだ。記念に写真を撮っておいてやる」

「きっと酔いが覚めたときに死にたくなりますよ、それ」

アハハと笑い、夢乃は副社長の腕をぺしっと叩く。

酔ってでもいなければできないことだ。アルコールの力は偉大である。

「でも、あのワインなら、本当にできちゃいそうでヤバいです。実は、二十歳になったとき、初めて飲んだお酒がすっごく甘いカクテルで、つい調子にのって飲み過ぎて具合が悪くなっちゃったんですよ。そのとき実家を出て、二人暮らしをしてたんですけど、めっちゃ怒られました。『仕事が忙しいのに介抱させる気か』って。酷いと思いません？　でも介抱してくれましたけど」

文句を言いながらも、オロオロと介抱してくれた慎一郎を思いだし、夢乃はおかしくなる。つい笑みを浮かべて歩いていたら、いつの間にか隣にいたはずの副社長がいなくなっていた。

足を止めて振り向くと、彼は数歩うしろで足を止め、ぐっと眉を寄せている。

「どうしたんですか……？」

「そうか、やっぱり……、同棲していたことがあるのか」

「え？」

彼の声のトーンが低くなっている。ついさっきまで笑ってくれていたのに。なにか気に障《さわ》ることを言ってしまっただろうか。夢乃は急に心配になった。

「その同棲していた男とは……今も続いているのか？」

「は？」

「どう言っているんだ？　君の今の状況を。……やっぱり、秘密にしているのか」

「秘密には……しています。だって、こんなこと知ったらすごく怒りそうだし」

「そうだろうな。怒るだけじゃ済まないかもしれない」

「そうですね……。でも、副社長……」

「なんだ」

「兄妹《きょうだい》でも、同棲って言うんでしょうか……」

「は？」

今度は副社長が素《す》っ頓狂《とんきょう》な声を出す。彼はポカンとして目を見開く。

「なんとなく同棲って、恋人同士に使う言葉かなって。あ……、一緒に暮らしていたのは兄なんです。大学の一年二年のころ」

「お兄さん……？」

「はい。七つ年上の。我が兄ながら、頭のいい人で会社でもエリートなんです。だから、わたしなんて未だに子ども扱いで」

副社長が驚いた顔をしたまま夢乃を見つめる。お酒のせいもあるが、こんなふうにたくさん話をするのは久しぶりで、嬉しさのあまり夢乃は饒舌《じょうぜつ》になっていた。

「以前、食事中に仕事をしていたら邪魔をしないように気をつけていた、って話をしたことがあったじゃないですか。あれ、兄がそうだったんです。だって、話しかけたらすごい顔で睨《にら》むんですよ。かわいい妹に、酷いと思いません？」

ちょっと大袈裟《おおげさ》に言ってみる。副社長が笑ってくれたらいいな、くらいの気持ちだったが、なぜか彼は真顔になった。

「長谷川さんは……恋人は、いないのか……？」

「恋人……」

口に出し、カッと顔が熱くなる。夢乃はぶんぶんと大きく首を左右に振った。

「いっ、いませんっ。いたこともありませんし、そんなものには縁のない二十五年間です！」

いきなりなんということを聞いてくれるのだろう。これでは顔の熱が一向に下がらない。

「副社長と違って地味な人生ですから。どうせなら、秘書課の方たちみたいに美人に生まれたかったです」

すると、真顔のまま副社長が近づいてくる。なんだか怒っているように見えた。

「す、すみません、変なことばかり……」

軽口を詫びようとした瞬間、強く抱きしめられた……

「ふ……副社長……」

抱き枕のときの抱きしめられ方とは違う気がする。

身体に腕を回されるのは同じだが、これは、あの夜、彼とおかしな雰囲気になってしまったときの抱きしめかたに似ている。

「……手を……出さないはずだった……」

頭の上から苦しげな声が降ってくる。抱きしめられたまま顔を上げると、彼と視線が絡《から》んだ。

「でも、今の俺はそれを守れそうもない。だから、君のそばにいてはいけないと思った……。君には、恋人がいるだろうと思っていたし」

「えっ……どうして、ですか……」

「男慣れしているように感じた」

「おとっ……！」

夢乃は驚いて大きな声をあげてしまう。

男慣れ、とは、また随分と誤解を招く言いかただ。

副社長もそれに気づいたのだろう、苦笑いを漏《も》らす。

「しかし、……俺の思い違いだったようだ。あれは、お兄さんの話だったんだな」

誤解は解けたが夢乃としては複雑だ。まさか兄と暮らしていた経験が副社長に誤解を与えてしまうとは。

夢乃はちょっと困ったように文句を言う。

「兄を、恋人と間違えられたのは初めてです」

「君を見れば、抱き寄せたくなる。……だから、昨日は、自分を落ち着かせようと、君に会わないように努めた」

やはり昨日は避けられていたのだ。切なそうに目を細める様子から、彼がとてもつらかったのだということがわかる。

副社長にそんな強い葛藤《かっとう》があったなんて知らなかった。

「でも、夜中に帰って君が眠る姿を見たら、たまらなく抱きしめたくなって、苦しくなった。思わず自分の部屋から肌掛けを持ってきて君の姿を隠したくらいだ。けれど、そんなことくらいじゃ、もう自分の気持ちを隠せなくなっていた」

副社長の指が夢乃の顎《あご》を上げる。そっと唇が重なり、そのまま彼が囁《ささや》いた。

「好きだ……」

信じられない思いが夢乃の胸に広がる。

これは、夢なのだろうか。

「こんなに……気持ちが乱れたのは初めてだ……。好きだ……夢乃」

鼓動の高鳴りとともに、身体がピクンと震える。名前を呼ばれたことで胸の辺りから温かいものが全身に広がっていく。

「副社……」

そう言いかけたとき、即座に唇をふさがれた。今までよりも深く口づけられて、夢乃は思わず彼の腕を掴《つか》む。

「何度、副社長と呼ぶんだ……」

「あ……」

「注意しなければ自分で気がつきもしないで、何度も何度も……」

「す、すみません……、すっかり忘れて……」

気持ちが緩《ゆる》んでいたせいもあって、レストランにいたときもずっと「副社長」と呼んでいた。

慌てる夢乃に、彼はちょっと厳しい眼差しを向けた。

「なんて呼ぶ?」

「な……なんてお呼びしますか……」

「俺の下の名前」

夢乃はわずかに目を見開く。副社長のフルネームを思いだし、優さん、と名前で呼ぶ自分を想像して頬が熱くなった。

「む、無理ですっ、いきなり無理ですっ」

「呼び捨てでいいぞ」

「無茶苦茶ハードル上げないでくださいぃっ!」

それも真顔で言わないでください……までは言わなかったが、その代わりとっても無難な提案をした。

「く、蔵光さん、で、いいですよね。な、何回かそうお呼びしていますし……!」

確か、今朝少々雰囲気が気まずかったときにそう呼んだ。これなら普通だし大丈夫な気がする。

最良の案だと思った夢乃に反して、彼は口をへの字に曲げあからさまな不満を示した。

「……蔵光さんって……、意外と不満があるとわかりやすい人ですよね……」

思えば、眠りたくて苛立っていたときも夢乃の前では正直なリアクションを取っていたような気がする。

苦笑いの夢乃を見て、優も苦笑する。軽く息を吐き、表情を緩《ゆる》めた。

「まあ、今はそれでいい。しかし、副社長と呼んでいたことはペナルティだ。罰として俺の質問に答えろ」

「はい……」

「夢乃は……まだ、俺の抱き枕でいてくれるか？」

こんな質問の仕方はズルイ。これでは、彼が求めているのは夢乃自身ではなく、抱き枕としての夢乃なのだと思ってしまう。

「抱き枕……ですか……？」

夢乃はそう呟《つぶや》き、優を見つめる。彼の眼差しが、自分を包み込む腕の感触が、とても愛しい。

もし、彼が抱き枕でもある夢乃が好きなのだといっても、優を好きな気持ちはきっと止められないと思う。

一瞬切なくなった夢乃だったが、そんな思いは優の一言で消し飛んだ。

「抱き枕じゃなくたって、夢乃がそばにいないと眠れない」

夢乃は目を見開き、微笑む優を見つめる。胸をいっぱいにする幸せな気持ちのまま、こくりとうなずき、優の背に腕を回す。

「わたしも……好きです。……く、蔵光さんのことが、……好きです……」

夢乃の言葉を聞いて、抱きしめる腕の力が強くなった。

閑静《かんせい》な住宅街であるせいか人通りはない。それでもいつ誰が通るかわからないのだ。それに気づいた二人は、身体を寄せ合ったまま足早にマンションへ帰ったのだった。

「眠く、ないですか？」

優に肩を抱かれ幸せな気持ちでマンションに帰って、夢乃は条件反射のようにそう聞いた。

「眠いけど。今すぐ抱き枕になってくれるのか？　きっと枕だけじゃ済まないと思うぞ」

カッと体温が上がる。言葉の意味を深読みしてしまったせいもあるが、優の眼差しが妙に色っぽかったせいだ。

「あ、あの……」

告白をし合って一緒にマンションへ帰ってきてのこのセリフだ。いくら経験がなくても、さすがにこのあとに起こるだろうことの想像はつく。

でも、イヤじゃない。

「あの、お風呂に、入ってもいいですか……」

「風呂？」

「はい、……あの、こういうことの前には、入るものだと……」

恥ずかしく思いながら説明をすると、優がふっと笑う。

「積極的だな。でも、できるだけ手短に済ませてくれ。我慢できなくなって風呂場に乱入しそうだ」

「じゅ、十分で出ます！」

いきなり一緒に入浴はハードルが高すぎる。夢乃はそう言うや否《いな》や、急いでバスルームへ向かった。

なんとか十分で出た夢乃と入れ替わるように、副社長がバスルームへ向かう。緊張しながらソファーに座っていると、すぐに彼が出てきた。

「み、短すぎませんか？」

「今、すっごくせっかちになってるから。ゆっくりなんて入ってられない」

そう言って彼は夢乃の隣に座る。そのまま肩を抱き寄せられ唇を奪われた。

一瞬で身体が緊張で固まる。

息をするタイミングがわからなくて息を止めていると、薄目を開けた優にクスリと笑われた。

「窒息するぞ。鼻で息をするんだ」

息を乱しつつ「はい」、と返事をした唇の隙間から、優の舌が滑りこんでくる。何度か唇を重ねたが、こんなキスは初めてだ。

縮こまって無防備な舌を絡《から》め取られ、舐《な》め回される。ジュッと音を立てて吸われて、自分の舌が彼の口腔《こうこう》へ引き込まれたのがわかった。

舌先を唇で挟んでちくちくと吸われると、なぜか甘い感触が腰の奥に流れる。じれったくなって、夢乃はつい腰をもじもじと動かしてしまった。

それを待っていたかのように優の腕が腰に回り、さらに強く引き寄せられ二人の身体が密着した。

「んっ……」

夢乃は呻《うめ》いて両手を優の胸にあてる。

「イヤか……?」

艶《つや》っぽい声で囁《ささや》かれ、思わず手の力が緩《ゆる》む。そのあいだに、もう片方の腕で頭を抱き込まれ、彼の長い指で耳をこねるようにいじられた。

逃げる舌を捕らえられ舐《な》め回されたと思ったら、唇と一緒に何度も食《は》まれる。

まるで唇を食べられているような錯覚に陥《おちい》り、夢乃は彼の服を両手でギュッと握る。

気づけば夢乃は、ソファーの背に押しつけられていた。

「……んっ……ぁ……」

やわやわと耳元で動く指の刺激が、だんだんもどかしくなってくる。

くすぐったいのとは違う、おかしなむず痒《がゆ》さ。耳を撫でられているほうの肩をすくめると、またもや艶《つや》っぽい声が甘く響く。

「イヤがるな。傷つくだろう」

クスリと笑う声は、本気ではないとわかる。ようやく解放された唇を震わせ、夢乃は小さな声で言った。

「イヤ……なんかじゃないです……」

「ん？」

「くっついてるから、恥ずかしくて……。すごく、ドキドキしてるから……」

心臓がとんでもなくドキドキしている。その音が室内に響いているのではないかと思うくらいだ。

おまけに優とピッタリ密着しているこの状態。

お互い薄いパジャマ一枚であるうえ、夢乃はブラジャーをつけていないので、胸の鼓動どころか、ふくらみの形もそのまますべて優に伝わってしまう。

それがとんでもなく恥ずかしい。

「すごく、いい感触と一緒に、速い鼓動が伝わってきてる」

そう言いながら、ふくらみを身体で押し潰され、夢乃はピクッと震えて身体を離そうとする。しかしソファーの背もたれに押しつけられている状態では逃げようがない。

夢乃の頭を抱えていた手が離れ、そのまま左胸を大きな手のひらで包み込まれる。くにゅっと柔らかな力で押し潰されて、夢乃は肩をすくめた。

「蔵光さ……」

「ああ、本当だ。こうするともっとよくわかるな」

「やっ、恥ずかし……」

「そんなに恥ずかしがるな。……同じだから」

「え？」

強く握り込んでいた片手を取られ、彼の左胸に押しつけられる。そこから、トクントクンと少し速く動く彼の鼓動をはっきり感じた。

「俺も同じだ。とんでもなくドキドキしている」

夢乃の左胸を包む優の手が、ゆっくりとふくらみを揉《も》むように動く。咄嗟《とっさ》にその手を掴《つか》むと、艶《つや》っぽい視線で顔を覗《のぞ》き込まれた。

「イヤか？」

そんなふうに聞くのはズルい。イヤじゃない夢乃は、掴《つか》んだ手を離すしかないではないか。

ふくらみをやわやわと揉《も》みしだいていた優の指が、胸の頂《いただき》の辺りを撫でる。布の上から突起を擦られた刺激で、夢乃はビクリと震えた。

優は指の腹で繰り返し頂《いただき》を撫でる。徐々にその部分が硬く凝《しこ》ってくると、指のあいだに挟まれた。

「あっ……ぁんっ」

反射的に甘い声が鼻から抜ける。自分からこんな声が出てくるとは思わず、夢乃はあまりの恥ずかしさに優の腕を掴《つか》んだ。

どうしたらいいかわからなくて、目に涙がにじんでくる。

「蔵……光さ……、わたし……」

胸のふくらみを揉《も》みながら、優が唇を夢乃の首筋に落とす。彼はときおり強く吸いつくようにしてそこをなぞっていった。

首筋をたどる唇が少しずつ位置を下げていく。それと同時に、胸を揉《も》んでいた手が夢乃のパジャマのボタンを外した。裸の胸が露《あら》わになり、片方の肩からパジャマが落とされる。

首筋から移動した彼の唇が、肩のラインを這《は》い肩口に軽く歯を立てた。

「う……ンッ、やぁっ……」

「イヤか？」

「い……いえ、あの……、ずるいです……さっきから」

「なにがズルい？」

「だって、……イヤか？　って、何回も聞いて……」

肩から唇を離し、優が夢乃をまっすぐに見つめる。

「イヤだ、って言わないから、イヤじゃないんだって思ってもいいんだろう？」

口角をあげ、ちょっと意地の悪い声で言ってくる彼に、夢乃の背筋がゾクゾクした。

「蔵光さん……」

「イヤじゃないって、思わせろ」

優の唇が夢乃のそれに重なり、優しく吸う。その心地よさに身を任せていると、パジャマを脱がされそうになった。

「や……やですっ」

彼の唇からわずかに逃げて、夢乃は声を絞り出す。腕から袖を抜かれる前に、パジャマの前を合わせて胸を隠した。

「あ、あの……、ここじゃ……」

「ああ、そうか、そうだな。すまない。本当にせっかちすぎるな」

夢乃の頬に優の唇が触れる。熱くなった体温を確認されているような気がして、よけいに身体が火照《ほて》ってきた。

夢乃から身体を離した優がソファーから立ち上がると、おもむろに彼女をお姫様抱っこする。

「あっ、あのっ……」

いきなりのことに身体が固まった。憧れのシチュエーションではあるが、自分がされるとなんとも照れくさい。

「ちょっと聞くが」

「はい？」

「ハジメテだよな？」

またもやカッと頬が熱くなり、これ以上なく身体が固まる。まさか事前に確認されるとは。こういうことは男性にとっても大切なことなのかもしれないが、こちらとしては答えづらい。

「聞くまでもないな」

夢乃の反応ですべてわかったと言わんばかりに優が微笑む。

「……意地が悪いですよ……。蔵光さん……」

そう心《こころ》ばかりの反論を試みるも、笑みを深められただけだった。

優の寝室はドアが半開きになっており、彼は足で引っ掛けてドアを開け中へ入っていった。

夢乃はすぐに、いつものベッドに下ろされる。

これまでは抱き枕として横になっていたベッド。けれど、今日は違う……

すでにボタンを外されていたパジャマの上衣を、手際よく脱がされる。恥ずかしくて両手で胸を隠すものの、そのあいだにズボンに手をかけられた。咄嗟《とっさ》に彼の手を掴《つか》んで止めてしまった。

掴《つか》まれた当人は不思議そうな顔をしている。しかしすぐに理由に気づいて、夢乃の手を撫でた。

「ごめん。いきなりすぎたな」

「す……すみませ……」

「がっつきすぎてて呆れられそうだけど、おかげで触りやすくなった」

パジャマのズボンから離れた優の手が、夢乃の両胸を下から持ち上げる。それにより、夢乃は彼の眼前に裸の胸を晒《さら》していたことに気づいた。

大きな手がふくらみを包み、揉《も》み込んでくる。柔肌《やわはだ》に長い指が食い込んでくるたびに、このまま握り潰されてしまうのではないかと危うい妄想が浮かんだ。

「興奮して、うっかり握り潰してしまいそうだ」

彼が似たようなことを考えていたと知ってドキッとする。

　しばらくふくらみを揉《も》み込まれているうちに、胸からじんわりと温かい熱が広がり、おへその奥がキュウっと収縮するような感覚に襲われた。

「んっ……」

　思わず内腿《うちもも》に力を入れると、かすかに腰が引ける。しかしそれによって知らず胸を彼に突き出す形になってしまい、いきなり両の頂《いただき》をつままれた。

「あ……ンッ……！」

　不意打ちの刺激に甘い声が漏《も》れる。その刺激はそれだけで終わらず、優は顔を出しかけた突起を引っ張り出すようにくにくにとひねりあげてきた。

「なんだ、煽《あお》っているのか？」

「ち、違いま……あっ……やっ、そんなに、しちゃ……」

　胸の先が、こんなに身体の自由を奪うものだとは知らなかった。

　つまみあげられる突起から全身に巡《めぐ》る痺《しび》れのせいで、身動きができない。

　つらいのではなく、動いたらこの甘美な痺《しび》れが逃げていってしまいそうで、この刺激がもっとほしくて、……動けないのだ。

「アッ……やぁっ……、蔵光さ……ぁ……」

「いい声だ」

　そう呟《つぶや》いた優の声が、どことなく上ずっているような気がする。

片方の頂《いただき》をつままれたまま、もう片方を口に含まれくるくると舌で舐《な》め回された。

「んっ……ん、ハァ……やぁ……」

ちゅぱちゅぱと吸いあげられ、自分のそこが硬くなっているのがわかる。同時にそこが快感の塊《かたまり》になってしまったかのようだ。唇で軽く咥《くわ》えられるだけでジンジンする。

「やっ……ぁ、あんっ……そこ……んっ……」

じわじわと広がる快感がじれったい。いっそ、もっと強い刺激を与えてもらえたら、この歯痒《はがゆ》さから解放されるのではないだろうか。

「気持ちよさそうだな。でも、あまり煽《あお》るなよ。優しくしてやれなくなる」

「……蔵……光さ……ぁんっ……」

「ほら、またそんな声を出す」

「ごめ……なさ……、でも……あっ、んっ……」

彼の声はどこか意地悪で、むしろ煽《あお》っているのは優のほうのような気がする。

だいたい声を注意されても、意識して出しているわけではないので、夢乃にだってどうすることもできない。

優の手がウエストを撫でながら、パジャマのズボンの中へ潜《もぐ》り込んでくる。

あっと思ったときには、ショーツの前側を手のひらで包まれていた。

ショーツの上から手のひらで恥丘を回すように揉《も》み、それと同時に指がその下の隙間をなぞる。

熱く震える秘唇を手のひら全体で刺激され、くちゅくちゅという水音が聞こえてくる。

それは徐々にショーツを湿らせ、あっという間に恥丘にまで潤《うるお》いを広げた。

優の指がショーツの脇から潜《もぐ》り込み、直接潤《うる》んだ秘裂を上下に擦る。蜜を溢《あふ》れさせるそこは、彼の指を難なく滑らせた。

「あっ……ンッ、ん……」

指が動くたびに、ぐちゅぐちゅと濡れた音がする。そこを指で掻きまぜられると、全身を走る刺激にピクンピクンと身体が跳ねた。

上を向いた乳房がふるふると揺れ、それだけでもおかしな気分になる。

胸と一緒に揺れる硬く尖った頂《いただき》を、優の舌が弾いてさらに揺らす。大きく呼吸をすることで声を少し抑えることができていたような気がするが、それも限界に近くなってきた。

「あっ……あ、やッ、ダメ……、蔵光さ……ん……そこぉ……」

「うん、ぐちゃぐちゃだ。お尻まで濡れてきているのがわかる？　もう、今夜はこのパジャマを着て寝られないな」

「そん……な……、あぅ、んっ……やぁ……」

「大丈夫。心配しなくてもいい方法がある」

優の指が秘部から離れる。ホッと息をついた矢先、ズボンとショーツを一気に脱がされた。

「パジャマなしで眠ればいい」

「く、蔵光さん……」

「どうせ、着せるつもりもないし」

「そ、その言いかた……なんか怖いです……」

一糸まとわぬ姿にされてしまった。戸惑いから両腿《りょうもも》を強く閉じ合わせ、わずかに身体をひねって胸を隠す。

今さらそんなことをしても遅いが、なんとなくそうしてしまった。

クスッと笑った優が、自身のパジャマの上衣を脱ぎ捨てる。初めて見る上半身裸の彼。スーツ姿とはまた違う凛々《りり》しさに、ドキリとする。

その瞬間、強く閉じていた内腿《うちもも》の力が緩《ゆる》んだ。

そのタイミングがわかったわけではないと思うが、優に両脚を大きく広げられる。

あまりに突然だったので、全身がビクンと震えた。

「さっきから震えてばかりで、意外にビックリ屋だな」

「す、すみませ……」

「いや、かわいくていい」

初めてのことばかりで、些細《ささい》なことでも不安を感じる。

だから、サラリと言われた彼の満足げな言葉は、夢乃に恥ずかしさを忘れさせた。

膝を立てられ、大きく開かれた秘所を覗《のぞ》き込まれているというのに、それよりも「かわいい」という言葉が心に響いて、羞恥心《しゅうちしん》をあまり感じない。

しかし、さすがにその場所に唇で触れられた瞬間、腰が跳ねた。

「あっ……やぁっ……」

秘裂に潜《もぐ》りこんだ熱い舌で、下から上へそこを舐《な》め上げられる。それにつられるように腰が浮き、また下がった。

じゅるじゅると音を立てて蜜を啜《すす》られる。

こんなときなのに、夢乃は自分の身体から出た愛液だけでこんな音が出るのか、それとも彼が故意に音を立てているのか、どちらだろうと疑問に思った。

でも、すぐにどちらでもいいと思う。

どちらも、同じなのだ。

同じように、気持ちがいい……

「蔵光さ……ああっ……、や、やぁ、あぁんっ……！」

耐えきれずに出た声は、少し泣き声に近い。

夢乃が見せた反応に煽《あお》られたのか、優が強く蜜を吸い上げる。音もそうだが、そうされると花芯の柔肉が振動で震え、そのまま崩れ落ちてしまいそうになる。

「あ……ぃ……やぁ、あぁ、溶けちゃ……う……」

「……かわいいことを言う」

嬉しそうな彼の言葉のあと、蜜口に柔らかいものが挿《い》れられる。ぬるぬると内側を浅く探るそれが優の舌だとわかり、夢乃は内腿《うちもも》を震わせた。

「あっ……あぁ……、やぁ、あんっ」

自然と腰が揺れ動く。たまらなくなって両手を優の頭に添えると、蜜口を刺激していた舌が、その上の小さな突起に触れた。

そっと撫でるように舌先で秘芽を弾き、優しく唇で吸い上げる。

その途端、これまでの刺激とは違う特別な快感が身体に満ちる。

痛いような、くすぐったいような、腰をもぞもぞと動かさずにはいられない痺《しび》れ。

「ダメ……ダメぇ……あんっ……、へんに、なるっ……ぅ！　蔵……光さ……ぁあっん……！」

自然と口から溢《あふ》れる哀願とともに、優を求めて彼の髪をグッと掴《つか》む。すると、花芯から舌を離した優に、尻を軽く叩かれた。

「だから煽《あお》るなと言っているのに」

「そんなの……わからな……」

「そうだな。ハジメテだもんな」

そう言って、優は一度夢乃から離れる。彼の動きを目で追った夢乃だが、ベッドサイドの引き出しからなにかを取り出した彼を見て、さりげなく視線をそらす。

経験はなくども、優がなにをしようとしているかなんとなく見当がついたからだ。

「……溶けちゃうとか……、そんなこと言われたら、滾《たぎ》るだろ」

「た、滾《たぎ》っ……」

自分が言ってしまったことなので反論はできない。だが、あの瞬間は、快感のあまり本当に下半身が溶けてしまうかと思ったのだ。

優がズボンを脱ぎ捨てた気配がする。間もなくしてそばに戻ってくると、覆《おお》いかぶさるように夢乃を見つめた。

「本当に……、おまえを溶かしたいな……」

「……蔵光さん……」

「気持ちいい、気持ちいいって……、泣き叫ぶくらい感じて、疲れて眠ってしまうくらい」

「なんか……すごくいやらしいです……」

「イヤか？」

最初に言われて迷った問いを、再び投げかけられる。しかし今回は答えに迷うことはなかった。

「蔵光さんになら、いいです」

夢乃を見つめたまま、優は、広げた脚のあいだに腰を進める。潤《うる》んだ秘園に熱い塊《かたまり》が押しあてられ、思わせぶりに蜜口の上を擦られた。

「気持ちよすぎて疲れる、とか……、すごくいやらしいけど……。相手が蔵光さんなら……」

「夢乃」

名前で呼ばれ胸が震える。彼と両手を握り合わせると、優の唇が重なった。

「じゃぁ、疲れて一緒に眠ろうか……」

「はい……」

「俺の不眠症……、絶対に治るな……」

唇が深く重なり、握り合わせた両手に力が入る。次の瞬間、下半身を突き抜けるような痛みが走った。

「……んっ……！」

思わず身体を強張《こわば》らせ、優の手を強く握る。

優が少しずつ腰を進めると、痛みで苦痛の声が出そうになる。彼の唇はそんな声を吸い取るみたいに夢乃の唇を貪《むさぼ》った。

「んっ……ふぅ……んっ！」

無駄な抵抗を試《こころ》みるかのように腰を引く。しかしそれをすると胸が突き出て、優の身体に押しつける形になった。

片方の手が外され、大きな手で乳房を揉《も》まれる。形が変わってしまうのではないかと思うくらいぐにぐにと揉《も》み回され、夢乃は痛み以外の感覚を身体に取り戻した。

ちょっと乱暴なくらいの強さで揉《も》まれるふくらみへの刺激は、同時に身体に溜まった歯痒《はがゆ》さを昇華《しょうか》させていく。

乳首をつままれひねられると、自然と腰が跳ね、優の熱さを自分から迎え入れる形になった。

「んっ……ハァ……あっ！　あぁんっ……蔵光さぁっ……！」

唇が離れ、夢乃は首を仰《の》け反《ぞ》らせる。下半身の痛みより、乳房から感じる快感が勝った。

「ンッ、ん、やっ……そんな、強く……つまな……あぁっ！」

「気持ちいいか？」

「あっあ……やぁぁん……」

乳首を引っ張られ、硬く勃ち上がったそこを強く吸いあげられる。じゅるじゅると唾液を啜《すす》る音とともに根元を舌で弾かれ、夢乃の腰が小刻みに跳ねた。

「あっ……ぁあ……、やっ、そこぉ……」

ゆらりと大きく優の腰が動き始める。蜜口を擦られる痛みは確かにあるのに、なぜか口から出るのは喜悦《きえつ》の声だ。

「ほら、抱きつけ」

もう片方の手も離され、言われるままに、夢乃は彼の肩へ腕を回して強く抱きつく。ぐっと乳房を握られながら、ずんっと一際深く優の楔《くさび》が打ちこまれた。

「あぁあっ……んっ！」

深い所で止まったまま、優が腰を上下左右に動かす。中で動くというより、入口を広げようとしているような仕草だった。

そのままぐりぐりと腰を押しつけられると、息をひそめていた敏感な突起が、彼の肌に擦られて甘美な刺激を全身に走らせた。

身体中の性感帯から伝わるぞくぞくする電流は、夢乃を身悶《みもだ》えさせる。

「ああっ……や、やぁっ、あっ……そこぉ……！」

彼女の反応の意味を悟ってか、優はさらに腰を激しく動かしてきた。

ただ擦られれば痛いだけだろうが、そこは溢《あふ》れた夢乃の蜜液でしとどに濡れている。

彼が動くごとに、泡立ったような淫《みだ》らな音を立てた。

「やっ……や、そんな……にっ、あぁっ！」

「ここか」

優が腰を浮かせ、ホッとする間もない。すぐに彼の指が秘芽を嬲《なぶ》り始めた。

「あぁ……蔵み……ダメ、ほんとに、そこっ、溶けちゃ……あぁんっ……！」

「俺は、おまえを溶かす権利をもらったんじゃなかったのか？」

「あ……んっ、でも……ぉ……っ」

「感じて感じて、二人で疲れて……眠るんだろう？」

快感で潤《うる》む目のすぐ横に、優の唇が触れる。そのまま耳に向かってキスをしながら、彼は腰の律動を強くした。

「あぁ……んっ、……あっ！」

「夢乃……」

「くら……みつさぁ……あぁっ……！」

「まだ、痛いか？」

「も……わからないで……す……ああっ！」

蜜口に痛みはあるように思うが、中を擦られる刺激と、秘芽から伝わってくる快感のほうが大きい。

身体がどんどん昂《たかぶ》っていく。息苦しさと相まって上手《うま》く呼吸ができない。

この昂《たかぶ》りを早く解放してほしくてたまらなくなる。

「くらみつさぁ……ぁ、ダメ……たすけ、てっ……あぁ……あっ！」

「わかった、助けてやる。……その代わり、最高にかわいい顔を見せてくれ」

「やっ……わかんな……そんなっ、……あぁん、いやぁっ……！」

自分がどんな顔をしているのかもわからないが、意識してかわいい顔をすることなど今はできそうもない。だいいち、こういった場合のかわいい顔とは、どんなものなのかも不明だ。

優の身体に回した腕に力をこめ、全身に満ちる未知の快感に翻弄《ほんろう》される。

身体を貫かれる感覚と秘芽を擦り上げられる感覚が同化した瞬間、夢乃は高い場所から一気に投げ落とされるような浮遊感に見舞われた。

「あぁっ……ダメっ……、あぁっ……――！」

初めて感じるその感覚が怖くて、夢乃は必死に優にしがみつく。

彼は秘芽を擦っていた手を夢乃のお尻の下に入れ、自分に強く押しつけながら己の欲望を深く突き挿《い》れた。

「夢乃……っ！」

耐えきれないとばかりに名前を呼ぶ声がどこか切ない。密着している優の太腿《ふともも》が大きく震え彼の動きが止まると、夢乃は絶頂の余韻のままそんな彼を締めつけた。

自分の中がぴくぴくと痙攣《けいれん》しているのがわかる。まるで、解放された快感の余波がそこに集まっているかのようだ。すると、優が夢乃の太腿《ふともも》を優しく撫でた。

「大丈夫か……夢乃」

「……は、い……ぁっ……」

一応返事はするが、声が掠《かす》れているような気がする。

強い快感の余韻でまだ頭がぼんやりしている。まるで、どこか別のところに思考が飛んでしまっているようだ。

「すごく、かわいい顔してるぞ」

夢乃の頬を撫で、額《ひたい》に唇を落とす。

どんな顔なんですかと聞きたくても、まるで頭が回らない。

「困ったな……。疲れた身体でぐっすり眠ろうって言っていたのに。……眠れないかもしれない」

「寝なきゃ……駄目です……」

寝不足であろう優に気を使った言葉だった。すると彼は乱れた髪を掻き上げ、少しムッとした顔をする。

「夢乃を抱いていたいから、寝たくない」

なんですか、それはっ。夢乃は心の中でそう思うものの、口には出さずに苦笑する。

快感に浸《ひた》った中での苦笑いだったせいか、きっとそれは、どこか恥ずかしげな笑みに見えたことだろう。優の目が穏やかになり、ふわりと彼女を抱きしめた。

「わかった。朝まで二人でくっついて寝よう。でも、明日は一日中離してやらないからな」

「蔵光さん……」

優の腕に包まれて、愛しい人の温もりに浸《ひた》る。

——日曜日は慎一郎とランチの予定が入っていたが、どうやら行けそうにない。一人密かに兄に詫びた夢乃だった。

第三章

改めて考えると、信じられない。

週明けの月曜日。ダイニングテーブルでお味噌汁に口をつける優をキッチンから眺めながら、夢乃はぼんやり思った。

朝食を取る彼は、すでにワイシャツにネクタイ姿だ。髪も仕事用にきっちりと整えられており、スーツの上着を着てしまえば会社にいるときと変わらない。

一緒に朝食を取っているのも驚きだが、自分は、この人と身体を重ねたのだ。

思いだすだけで、腰の奥に熱いものが流れる感覚がよみがえってくる。夢乃はドキリとして思わず姿勢を正すが、そのタイミングで優と目が合ってしまった。

挙動不審だったろうかと慌てて笑みを取り繕《つくろ》い、彼の前にお茶の入った湯呑みを置く。

「なんだ？　夢乃」

「はい？」

「なんだか、睨《にら》みつけられていたような気がした」

「に、睨《にら》んでなんかいませんよっ。ただ、あの……美味《おい》しいって思ってくれてるかな～、ってドキドキしてただけです」

「夢乃……」

お椀を置いた優が、夢乃の腕を掴《つか》む。

真剣な表情で見つめられ、夢乃はドキリとする。

「かわいいこと言うな。キスしていいか」

「おっ、お化粧しちゃってるから駄目ですっ」

(もう、そんなこと真顔で言わないでください！)

しかし、その直後、グイッと腕を引かれて頭を引き寄せられた。抗《あらが》う間もなく唇が重なる。

強く唇に吸いついてから、腕を掴《つか》む力が緩《ゆる》み、わずかに唇が離された。

夢乃はちょっと困った声で囁《ささや》く。

「……お化粧してるから、駄目って言ったのに……」

「口紅くらい塗り直せ。これでもテーブルに押し倒したいのを必死に我慢しているんだ。キスくらいさせろ」

「蔵光さん……」

「かわいいことを言った、夢乃が悪い」

再び唇が重なり、くちゅくちゅと舌を絡《から》められる。

夢乃が口紅を直さなくてはならないなら、優は唇についた口紅を綺麗に落とさなくてはならないだろう。そんなことを考えながら彼の唇を感じる。何度も角度を変えてキスを繰り返していた優が、唇を触れ合わせつつ囁《ささや》いた。

「美味《うま》いよ。夢乃と同じくらい。いや、夢乃のほうが美味《うま》いけど」

彼は夢乃の顔を見て微笑む。一瞬なんのことだろうとポカンとした夢乃は、それが朝食の感想だと思い至る。けれど……

「わたしはご飯じゃありませんよ」

真っ赤になって夢乃は優から離れる。そして、おもむろに近くのラックからティッシュペーパーを抜き取ると、彼の口元にあてた。

「ちゃんと口紅を拭いてくださいね。秘書の人に言われちゃいますよ」

「朝食が美味《うま》すぎて夢中になって食べていたって、言っておく」

優はティッシュを持った夢乃の手を掴《つか》み、再び引き寄せようとする。夢乃は苦笑しながら彼に抵抗し、窘《たしな》めるような声を出した。

「早く食べないと遅れちゃいますよ。わたしに朝ごはんを食べさせない気ですか？」

その瞬間、パッと手が離れ、優が「それもそうだな」と箸《はし》を手に取る。

「大切な新商品の企画担当者には、快眠快食でいい仕事をしてもらわないと」

突然目の前で、副社長の顔をした優にそんなことを言われると、背筋がピンと伸びる。

「はい、頑張ります」

しっかりとうなずく夢乃に、優が満足そうに微笑み食事を再開させた。夢乃はキッチンに戻り、自分用のお味噌汁をよそいながら、ずっと感じていた思いを口にした。

「そう言ってもらえると本当に嬉しいです。本当は今でもまだ信じられないんですよ。自分の企画が、新商品の社内プレゼンの権利をもらえるなんて」

「どうして？」

「それは……これまで一度も、商品化を検討してもらえるような企画を出せていないから……」

企画開発課に籍を置きながら情けない話だが、商品化はおろか、自分の企画でコンペに参加したこともなかった。

「夢乃は、企画を出せないんじゃない。出さないんだ」

「そんなことは……。だって、企画立案はいつも眠れないくらい頭を悩ませて……」

「いや、そういうことじゃない」

優は箸《はし》を置き、真面目な顔で夢乃を見つめた。

「夢乃は、今までもこのまま進めれば良いものになりそうな企画を何度も仮提出している。だが、自信がないのか、それとも迷うからなのか、いつも仮提出の状態で終わってしまう。あのまま詰めていけば……と、いつも歯痒《はがゆ》く思っていた」

「いつもって……」

「仮提出でも、企画開発課の企画立案書類には目を通している。だから、夢乃がこれまで出した企画もすべて知っている」

驚きのあまり、夢乃は目を見開き優を見る。まさか彼が、自分の企画を以前から気にかけて見ていてくれたとは思わなかった。

仕事をしながら、新しい企画を考えながら、いつもいつも迷っていた。

これでいいのだろうか。他にもいい案があるかもしれない。もっと、エンドユーザーにまでアピールできる心動かせるものがきっとあるはずだ……

考えだしたらきりがなく、夢乃をどんどん迷わせる。

そのあげく、結局納得できる答えを見いだせないまま、いつも仮立てした企画案を最後まで詰めることができないでいた。

「今回夢乃が出してきた企画、〝気軽に使える枕、最適な仮眠用の枕〟というのには、心惹かれるものがある。『うとうと枕』というネーミングもいい。このまま迷わず、いい方向へ進めていこう。夢乃なら、きっとできる」

自分の言葉に自信があると言っているような力強い笑顔だった。彼にそう思ってもらえることがとても嬉しい。

「……ありがとうございますっ」

泣きたくなるような感動が胸を占めた。夢乃は勢いよく頭を下げる。

企画が新商品の社内プレゼンの候補に挙がったときも嬉しかったが、今の喜びはその比ではない。

自分の企画の欠点は十分承知していた。でも彼は、その欠点を理解してなお、きっとやり遂《と》げられると夢乃を信じてくれている。

そんな人が、いたなんて。

「プレゼンに参加することがゴールじゃないぞ。商品化するためには、まず社内プレゼンを通さなくてはならないんだからな。とはいえ、変に緊張することはない。まあ、重役たちへの説明会くらいに思って臨《のぞ》めばいい」

「そう言われても、やっぱり緊張します。社内プレゼンには、何度かサポートで参加したことがありますけど、重役の方たちからはかなり突っ込んだ質問が出されますよね。それにちゃんと答えられるかなって」

「当日は俺も出席する。面倒なことをネチネチ言ってくるやつがいたら睨《にら》みつけてやるから安心しろ」

「だっ、駄目ですよっ、そんなことしちゃっ」

驚いて身を乗り出したら、手に持っていたお味噌汁がこぼれそうになった。

慌てる夢乃に、優がハハハと声をあげて笑う。

「まあ、それは冗談だが、プレゼンの席には俺もいるんだ。夢乃は安心して、自分の企画を自信を持って発表すればいい」

そう言って、信頼のこもった眼差しを向けられる。夢乃の心がじんわりと温かくなった。

キッチンから出た夢乃は、持っていたお椀をテーブルに置き、優に向かって再び頭を下げる。

「……ありがとうございます。蔵光さんが睨《にら》みつけなくても大丈夫なように、精一杯頑張ります。せっかく抜擢《ばってき》してもらったんですから、必ず社内プレゼンを通してみせますよ」

入社して二年。初めて任された大仕事だ。副社長の期待に応《こた》えるためにも、必ずいい企画にしてプレゼンを成功させようと決意を新たにする。

「実はあの企画、もう少し改善できる点があるんじゃないかって考えていたんです。でも改善に繋《つな》がらなかったら困るし、このままのほうがいいかもと悩んでいたんですけど、思い切って進めてみます」

夢乃は片手で握りこぶしを作り、張り切った笑顔を見せた。

「いいな、頼もしい限りだ。きっと課の士気も高まるぞ」

「改善案ができたら、ご意見をもらってもいいでしょうか？　できるだけ……プレゼンまでにいい方向にもっていきたいので」

「もちろんいいが、その改善方向は、具体的に決まっているのか？」

「それは……まだちょっと漠然としていて……。なんというか、頭の中にはあるんですけど上手《うま》く形にできないというか……」

「しっかり集中して考えれば出てくるだろう。それこそ、昼休みに仮眠でもして、一度思考をリセットするといいぞ。なんなら、俺が抱き枕になってやる」

「な、なに言ってるんですかっ。駄目ですよ会社でっ」

照れも入ってムキになる夢乃を見て、優は軽く笑いながら食事を再開させる。

(副社長を抱き枕にって、絶対にわたしが抱き枕にされるのがおちのような気がする)

そんなことを考えていた夢乃は、同時に、いつになく思考がクリアになっていくのを感じた。朝食を食べながら、何気なく優の言葉を頭の中で繰り返し……、ふと動きを止める。


「……それだ……」

「ん？」

夢乃の呟《つぶや》きに反応した優が顔を上げる。

「それですよ、蔵光さん！」

突然閃《ひらめ》いた改善案に、夢乃は目を輝かせる。

そこに、いつものような迷いはなかった。


その日の朝のミーティングで、夢乃はさっそく『うとうと枕』の改善案を提出した。

それは、枕としての機能だけではなく、抱き枕としての機能も盛り込みたいというものだ。

「本格的な抱き枕は、すでにスリープコンシェルジュシリーズで展開されています。今回の企画ではあくまで、うたた寝に使用するような気軽な枕ですから、そのコンセプトに見合った、手軽な抱き枕機能を盛り込んでみたいんです」

そのためには、サイズや弾力性、もしかしたら内部構造の修正まで必要になってくるかもしれない。当然、見直しは容易ではないだろう。

なんといっても、月末のプレゼンに間に合わせなくてはならないので、のんびりはしていられないのだ。

「いいものが作りたいんです。社内プレゼンはもちろんですけど……、副社長がコンペで圧勝できるくらいのものを……」

自分を信頼してくれた優の期待に応《こた》えたい。心からそう思った。

いいものを作りたいのは、みんな同じだ。夢乃のやる気と強い希望を受けて、改善案は取り入れられ、チームの協力のもと即座に商品研究室とのミーティングが始まった。

（頑張ろう。支えてくれるチームの仲間と副社長の気持ちに応《こた》えられるように）

夢乃の意気込みは、かつてないほど集中力を高め、時間を忘れさせる。

いつしか彼女は、昼食も忘れて仕事に没頭していた……

「あれ？　まだお昼に行ってないの？」

声だけだったら、自分のことだと気づかなかったかもしれない。

でも、一緒にポンッと肩を叩かれて、夢乃の意識が、没頭していた需要シミュレーション表から浮上する。

「あ……え？　はい？」

驚いて振り向くと、不思議そうな顔をした梓が立っていた。

「あ……、もうお昼、だったんですか？」

「ちょっとー、出るときに声かけたでしょ。ちゃんとお昼行きなよって言ったら『はい』って返事したじゃない」

……全然、覚えていない。

どうやら集中するあまり、無意識のまま返事をしていたようだ。

パソコンの時計を見ると、昼休み終了十五分前だった。近くのコンビニに行ってなにか買ってこようか。そう考えたとき、ファイルを開いたばかりの競合他社の商品データが目に入る。せっかく気持ちがのっているのに今席を外すのはもったいない……そんな気になってきた。

「もうしょうがないなぁ。私が、なにか買ってきてあげるよ」

夢乃の状況を察した梓が苦笑する。

持つべきものは頼りになる先輩だ。キラキラとした目を向けたとき、机の上で内線が鳴る。

受話器を取ると、一階のインフォメーションカウンターからだった。インフォメーションカウンターは、一階にあるショールームの案内と同時に、受付の役割も担《にな》っている。

『株式会社綿福の長谷川様がお見えです』

聞いた瞬間、夢乃は勢いよく立ち上がった。

(お兄ちゃん⁉)

なんの用だろうと思うと同時に、昨日、急な仕事が入ったからとランチの約束を断ってしまった気まずさが胸を占める。

「どうかしたの？」

急にソワソワしだした夢乃に、梓が首をかしげる。夢乃は笑って誤魔化しながら、受話器を置いた。

「なんだか来客みたいです……。ついでだから自分でなにか買ってきます」

「大丈夫？　課長には言っておいてあげるから、慌てないでゆっくりしておいでよ」

「ありがとうございます。いってきます」

お財布を入れたクロッシェバッグを片手に、夢乃は急いでオフィスを出る。

兄が会社に来たのは初めてだ。いったい何事だろうと焦りを感じる。

一階のエントランスの横にあるロビーに、慎一郎の姿があった。

ソファーに座り、厳しい表情で電話をしている。もともと顔つきが鋭いので、真面目な表情をすると怒っているように見えるのだ。そんな兄の様子に緊張が高まる。

夢乃に気づいたのか、通話が終わったのか、スマホを耳から離した慎一郎が立ち上がった。

夢乃は足早に兄へ近づく。

「どうしたのお兄ちゃん、びっくりした」

「びっくり？　どうして」

「だって、会社まで来たのなんて初めてじゃない？　受付の人もいきなり綿福の人が来て、びっくりしたんじゃないの？」

「そんなことはないだろう。ナチュラルスリーパーに来たのは初めてじゃないし。営業なんかとは結構面識があるぞ」

「あ、そうなの？　じゃあ、今日は仕事で来たついで？　それともなんかあった？」

内心の緊張を抑え、気楽にアハハと笑って慎一郎の胸をポンポンと叩く。すると、目の前でおもむろに腕を組まれ、夢乃はドキッとして手を離した。

慎一郎が腕を組むときは、たいていお説教が始まる前なのだ。

「……なにかあったから、来た」

「お……お兄ちゃん……？」

顔も本気だが、声も本気だ。

「なにもなけりゃ、わざわざ職場におまえを訪ねてきたりしない」

「ど、どうしたの？　あの……もしかして、昨日のこと怒ってる？」

「ランチを断ってきたことは怒っていない。仕事じゃ仕方がないからな。だが、そのあと知ったことに対しては怒っている」

「わ……わけがわかりませんが……」

そのあと知ったこととは、いったいなんのことだろうか。昨日はずっと優と一緒にいたので、慎一郎と連絡は取っていないが。

警戒したような目を向ける妹を、慎一郎は腕を組んだまま顎《あご》を上げて見下ろしてくる。――間違いない。これは最上級のお説教スタイルだ。

「夢乃。おまえ、今どこに住んでいる」

「え……」

「昨日の夜、ケーキを買ってお前のアパートへ行った。そうしたらどうだ、……アパート自体がなくなっていた」

静かに指摘されて、ビクッと心臓どころか身体まで飛び上がりそうになった。

これは非常にマズイ状況だ。

「近所の人に聞いたら、先々週からアパートの取り壊しが始まっていたっていうじゃないか。電話で話したとき、おまえそんなこと一言も言っていなかったよな。どういうことだ」

「あの、それは、心配をかけたくなくて……。ごめんなさい」

夢乃が素直に謝ったためか、怒りのオーラ全開だった慎一郎の勢いが少し落ちる。

彼はハアッと溜息を吐き、しようがないなとでも言いたげに口調を和《やわ》らげた。

「母さんが電話をしても繋《つな》がらないわけだな……。で？　今はどこに住んでるんだ？

取り壊しについては前々から知っていたんだろう？　部屋はちゃんと探せたのか？」

「それが、仕事が忙しくてまだ決まってないの。それで、今はひとまずお友だちのところに……」

「友だち？　友だちのところに厄介《やっかい》になってるのか？」

「うん……。今の仕事が落ち着いたら、ちゃんと引っ越すつもりなの。だから、住所が決まってから教えようと思って」

「友だちの家に厄介《やっかい》になるくらいなら、どうして俺の所にこなかったんだ」

「それも考えたけど、自分でなんとかできるなら、って思って……」

「その友だちは、会社の同僚か？　それとも大学時代の友だちか？　なんにしろ、ちゃんと決められないのに一人でやろうとするな。迷う前に頼れと言ってあっただろう」

慎一郎は一緒に住んでいる相手を、疑う余地もなく女性だと思っている。その誤解は、ある意味とても助かるのだが、相変わらずの兄の過保護ぶりにモヤモヤしてしまう。

夢乃が困ったとき、いつも慎一郎が助けてくれた。

なんでも決めてくれた。

それはありがたいし、夢乃も感謝している。

けれど、「ちゃんと決められない」と断言されたことが、夢乃の反発心を煽《あお》った。

「お兄ちゃんを頼らなくたって、ちゃんと決められるよ。今回だって、なんとかなったし。……もう少し、わたしのこと、信用してよ……」

「夢乃」

大きな声ではなかった。それでも、聞き分けのない子どもを叱るような慎一郎の口調に、夢乃はびくりと身体を震わせる。

自分を信用してほしい——それは夢乃の本心だった。

だけど、その言葉は慎一郎の気に障《さわ》ったのだろう。

条件反射のように謝ろうとした。でも、これは本心だ。

もの言いたげな慎一郎を見つめて、夢乃はぐっと唇を引き結ぶ。

そのとき……

「綿福の長谷川部長ではありませんか？」

凛々《りり》しい声とともに、軽快な靴音が二人の横で止まった。

「お久しぶりですね。こちらにいらっしゃるとは、お珍しい」

そう言って笑顔を見せたのは、優だった。

いきなり現れた副社長に驚いた夢乃は、口を半開きにして彼を見る。それとは逆に、慎一郎はあからさまに迷惑そうな表情を見せた。

「先週、クライアントの施設でお会いしたばかりですよ。蔵光副社長」

「ああ、そういえばそうでしたね。失念しておりました。失敬」

「とんでもない。私のような小物を思いだしていただけて、光栄ですよ」

「なにをおっしゃいますか。綿福の長谷川部長といえば、強硬な海外メーカーともやりあえる剛腕の持ち主で有名だ。その猛々《たけだけ》しさは、私も見習わなくてはと思っておりますよ」

お互い和《なご》やかに会話しているものの、どこか言葉に棘《とげ》がある。

というのも、優が言った「猛々《たけだけ》しさ」とは、仕事に勢いがあるという褒《ほ》め言葉のようで、図々しいとか、厚かましいという意味にも取れるからだ。

慎一郎が無言のまま、靴の先を大きくカツンと鳴らした。

機嫌が悪い。……妹の直感で、すぐにわかる。

そして、〝猛々《たけだけ》しい〟長谷川部長は黙ったままでは終わらなかった。兄は口の端だけを器用に上げ、優へ称賛の言葉を返した。

「〝眠り王子〟に褒《ほ》めていただけると、照れくさいですね。私は〝猛々《たけだけ》しい〟だけで、あまり頭脳派とは言えないので」

表面的には相手を褒《ほ》めているような言葉だが、明らかにこれは優への嫌味だ。夢乃は焦って優を見ると、彼の眉がピクリと動いたような気がした。

この二人、どうやらあまりウマが合わないらしい。

あいだに挟まれた夢乃としては、あまり嬉しくない状況だ。

思わず優に「兄がすみません」と頭を下げたくなる。だが、先に口を開いたのは優のほうだった。

「ところで長谷川部長、当社の社員がなにか問題でも？」

慎一郎は腕を組んで夢乃と対峙していた。二人の関係を知らない者から見れば、兄の態度はかなり高圧的に見えただろう。もしかしたら優は、夢乃が困っていると思って、さりげなく声をかけてきてくれたのではないだろうか。

（蔵光さん……）

こんな状況ではあるが、胸が温かくなる。しかしそれは、すぐに焦りに変わった。

「ああ、クレームではありませんよ。家族として、薄情な妹をちょっと叱っていただけです」

「家族……妹？」

その言葉に不思議そうな顔をした優は、夢乃のほうを見てくる。

彼と目が合い、なんとなく気まずいものを感じつつ、夢乃は慎一郎を手で示した。

「あ……兄です。……副社長とお知り合いとは……、存じませんでした」

「兄妹《きょうだい》？」

驚いたようにそう呟《つぶや》いて、優は慌てて手で口を覆《おお》う。

「いや……、苗字が同じだとは思ったが……」

「ときに、蔵光副社長」

戸惑いを見せた優に、今度は慎一郎が厳しく問いかける。

「昨日、妹は休日出勤をしていたようですが、それに対して、きちんと手当は出るんでしょうね」

「昨日……、日曜ですか?」

「仕事が入ったからといって、家族交流の機会がキャンセルされたので気になりましてね。徹夜で仕事やら、休日出勤やら、ナチュラルスリーパーさんは女性にも手加減なしですね。大切な妹をそこに入れてしまった家族としては、少々心配ですよ」

「お兄ちゃん!」

丁寧な口調であっても、これは痛烈な嫌味だ。思わず慎一郎を窘《たしな》めようとした夢乃の肩を、優がポンッと叩いた。

「彼女は優秀な社員です。その才能を、大いに発揮してもらいたい。そのために発生した時間外の労働に対しては、きちんと規定を設《もう》けていますのでご心配なく。〝お兄様〟は、実に妹思いだ」

これは——間違いなく、優は慎一郎の嫌味を嫌味で返した……

あいだに挟まれた夢乃としては、冷や汗どころの話ではない。対する男性二人はお互いに笑顔だ。……けれど、見た目通り心まで笑っているかどうかはわからない。

これはもう、さっさと慎一郎に帰ってもらうしかない。そう思ったとき、優が夢乃に声をかけた。

「ところで、長谷川さんはこれから外出かな？」

彼がトンっと指でつついたところには、夢乃のクロッシェバッグがある。面会で下りてきただけなら鞄《かばん》はいらないと思ったのだろう。

「はい、面会のあとにお昼ご飯を買ってこようと思って」

「まだ食べていないのかい？」

「はい……。データの分析に夢中になってしまって。お昼を忘れていました」

「もしかして、例の、かな？」

「はい」

夢乃を見る優の目が、頑張っているなと応援してくれているように感じる。嬉しくて、夢乃の気持ちは上昇した。

その気持ちを、慎一郎の一言が急下降させる。

「なんというか、〝眠り王子〟は思った以上に気さくな方だ。おまけに、一介の女性社員の名前をしっかりと覚えているうえ、その仕事内容まで把握しているとは。そうして誰に対してもフレンドリーに接するところが、女性に人気の秘訣なのでしょうね」

もういい加減にしてと言ってやりたいが、今のセリフにちょっと引っかかった。なんとなく、どうしてそんなに副社長と親しげなのか、と、言外に問われているような気がする。

内心で焦る夢乃に対して、優は余裕の表情で言葉を返す。

「もちろんですよ。彼女は、私にとってとても大切な存在ですから」

その言いかたはまずくはないか。慎一郎もそう思ったらしく、ピクッと眉を寄せた。

「綿福さんも参加されるコンペに、我が社は長谷川夢乃さんの企画で参加する予定です。彼女は今、会社のために尽力してくれています。実に頼もしい」

会社のために頑張ってくれているから大切なのだ、という意味らしい。

つい勘違いしそうになった夢乃は苦笑する。だが、慎一郎は別の所に食いついてきた。

「あのコンペに、妹の企画が？」

慎一郎にとっては驚愕の事実だったのだろう。まさか、大きな取引契約がかかったコンペに、一人前でもない妹の名前が出るとは思わなかったに違いない。

「ええ。私は彼女の企画に大いに期待しています。長谷川部長も、ぜひ期待していてください」

コンペのライバルに向かって、「期待していてくれ」とは、随分な挑発である。

慎一郎にしてみれば、期待なんかできるかと突っぱねたいところだろうが、夢乃が関わっているとなると下手《へた》なことは言えないみたいだ。

貶《けな》そうものなら、夢乃の仕事を貶《けな》すことになるのだから。

「夢乃」

反撃を諦めたのか、慎一郎は溜息まじりに口を開く。

「とにかく、新しい住所が決まったらすぐに教えろ。困ったことがあっても、だ。なにかあったらどうする」

「う、うん、ごめんなさい」

慎一郎は一言、「仕事頑張れよ」と告げると、優に軽く会釈《えしゃく》をして背を向ける。

優の前だからかもしれないが、兄に仕事を頑張れと言われたのは初めてだ。

なんとなく嬉しくなって「お兄ちゃんも……仕事頑張ってね」と声をかける。すると、振り向かないまま片手を上げ、慎一郎はエントランスをあとにした。

「兄妹《きょうだい》……か……」

そんな呟《つぶや》きが横から聞こえて、ドキッとする。顔を向けると、優が苦笑いして夢乃を見ていた。

「苗字が同じでも、兄妹《きょうだい》だなんて可能性は少しも考えていなかったな」

黙っていたことにちょっぴり気まずさを感じる。夢乃は笑顔を引きつらせた。

「よ、よくある苗字ですから……」

「昨日は、お兄さんと約束があったのか？」

「はい……実は、ランチを一緒にすることになっていて……」

それを聞いて、優は不思議そうな顔をする。

「どうして行かなかった？」

「えっ……、あのっ」

（どうして、なんて、わかってるでしょう！）

そう思って優をジッと見ると、面映《おもは》ゆい表情で目が嬉しそうにも見える。彼は間違いなく理由がわかっていて夢乃に言わせようとしている。

（いっ……意地悪ですよっ！）

ここで口にするのは躊躇《ためら》われる。慎一郎はいなくなったとはいえ、昼休み終了直前ともあって、エントランスには人の出入りが多い。

それじゃなくても、副社長は目立つのだ。まして、女性社員と二人でなにか話しているともなれば、行き交う人の視線を集めてしまう。

ドキマギしながらちょっと困った顔で優を見上げると、彼がクスリと笑った。

「ごめんごめん。ほら、早く買い物に行っておいで。午後からの仕事が遅れるぞ」

「はいっ！　失礼いたします！」

夢乃は優に頭を下げ、踵《きびす》を返してエントランスへ向かう。

恥ずかしいやらびっくりするやら……キュンとするやら……

会社を出るときさりげなく振り返ると、すでに優の視線は別に向いてた。

優はとても綺麗な女性と話をしている。夢乃も二度ほど接したことのある秘書課の女性だ。優と話す彼女の顔は、夢乃に見せた顔とはまったく違う。

瞳を輝かせて優と話す彼女の顔を見て、そういうことか、と、女性の気持ちがわかってしまった夢乃だった。


アパートの件はなんとか誤魔化せたが、いずれまた追及を受けるのは目に見えている。

今は、一緒に住んでいるのは女友だちだと思ってくれているようだが……。

あの兄に、今の状況をどう説明したらいいだろう。

マンションの自室で仕事をしながら、昼間のことを思いだしては溜息をついた。

「サイズの見直しと……あとは……」

ぶつぶつと呟《つぶや》き企画の改善点をキーボードで打ち込んでいく。しばらくして、パソコンから目を離した夢乃は、大きく息を吸いこみ背筋を伸ばしてから、ふっと身体の力を抜いた。

ぐるりと首を回しつつ、パソコンの時計を見るとすでに二十三時を回っている。

「うわっ、もうこんな時間だったんだ」

途中、兄のことを考えていたせいか、思ったより進んでいなかった。

二十二時までには入浴を済ませようと思っていたのに、なかなか予定通りにはいかないものだ。

「そういえば、蔵光さん、もう帰ってきているのかな」

集中していたので、もしかしたら帰ってきたのに気づかなかったかもしれない。

玄関に近い部屋ではあるが、壁の造りがしっかりしているせいかドアの開く音が聞こえにくい。

そんなことを考えつつ、マグカップに口をつける。そこで、カップが空だったことに気づいた。

「なにか淹《い》れようかな」

部屋を出てリビングのドアを開けると、優はまだ帰ってきていないようだった。

「仕事、忙しいのかな」

キッチンに入りコーヒーの用意をしようと思ったが、時間も時間なので冷蔵庫からブレンド茶のペットボトルを取り出す。そして、コップに注《つ》いで一気に飲み干した。

そのとき、玄関でドアの開く音が聞こえる。ドキンと胸が高鳴り顔を上げると、すぐにリビングのドアが開いて優が入ってきた。

「夢乃、まだ起きていたのか」

そう言って微笑む優の姿を見て、再びドキリとする。声のトーンも呼びかたも、会社にいるときとはまったく違うからだ。

「お、おかえりなさい、蔵光さん」

「ただいま。もう寝ているかと思ってこっそり入ってきたのに」

「あ、データの見直しをしていたら、こんな時間になっちゃったんです」

「そうか、頑張ってるな。お疲れさん」

キッチンに入り、足元に鞄《かばん》を置いた優が夢乃を抱きしめてくる。

そうされると、抱き枕要請かと一瞬身構えてしまう。だが、週末にたっぷりと睡眠を取っているのを知っている夢乃は、すぐにそれを否定した。

彼の腕の感触が心地よい。この腕の力強さがいつもとはまったく違う気がする。

抱き枕としてではなく抱きしめてもらえることが、照れくさく、そして嬉しい。

夢乃も彼をぎゅっとしたいのに、手にペットボトルとマグカップを持っているせいで抱き返すことができない。せめてもとばかりに、仕事で遅く帰ってきた彼にねぎらいの言葉をかける。

「……副社長も、お疲れ様です」

すると優がクスッと笑った。

「積極的だな夢乃。週末に無理をさせたから、今夜はおとなしくしていようと思っていたのに。そうやって誘うのか」

「え……え？　……あっ！」

やってしまった。仕事の話をされたうえ、昼間のことが頭にあって、つい副社長と呼んでしまった。

「そんなに口をふさいでほしいなら喜んでそうするぞ。上も下も」

「蔵光さん……、なんかいやらしいですよ、その言いかた。……きょ、今日は駄目ですよ。それに、お仕事で疲れてるでしょうし……」

そう言いながらも、期待でドキドキしている自分を否《いな》めない。心のどこかで、このまま彼を感じていたいと思ってしまう。

かすかな抵抗を見せる夢乃を抱きしめたまま、優は笑いをこらえるように肩を揺らす。そして、夢乃の顎《あご》を片手で掴《つか》み、艶《つや》っぽい眼差しを向けてきた。

「じゃあ、上だけふさぐことにする」

「あ……」

声を出す前に、唇が重なる。隙間からすぐに彼の舌が入ってきて、舌を絡《から》め取られた。ちゅくちゅくと音を立てて吸われて、気持ちよさにうっとりしてしまう。気づくと手から力が抜けて、ハッとした。

「おっと……」

唇を離した優が、夢乃の手から落ちそうになったペットボトルとマグカップを咄嗟《とっさ》に支える。

　ホッと息を吐く夢乃に、彼は微笑みかけた。

「キスをするとき、夢乃に物を持たせちゃいけないらしい」

「すみません」

　照れ笑いをしてから、夢乃はふと思い立つ。

「蔵光さん、ご飯は食べました？　なにか作りましょうか？」

「ああ、一応食べた。でも夢乃が作ってくれるんだったら食べないで我慢していればよかったな」

「この時間まで我慢してもらうのは申し訳ないです」

　そうは言っても、自分を思ってくれる言葉についつい笑顔になってしまう。ニコニコしていると優に腕を引かれた。

「ちょっと来てくれ」

　なんだろうと思いつつ、リビングのソファーまでやってくる。彼にソファーを指さされ、夢乃はそこに腰を下ろした。

　すると、隣に腰を下ろした優がころっと夢乃の膝の上に寝転がってくる。いきなりのことに驚いて、夢乃は笑みを固めたままビクッと身体を跳び上がらせた。

「うん、なかなかいいな」

優は満足そうにしているが、夢乃はそれどころではない。

「くっ、蔵光さん……？」

「夢乃がうとうと枕に抱き枕としての機能を併用しようとしていると聞いた。それなら、抱き枕として最高の夢乃は、枕としても優れているんじゃないかと思って」

「なんですか、そのこじつけは。っていうか、もう改善案の内容が耳に入っているんですか？　わたし、今朝は改善案の内容まで言っていませんでしたよね」

「俺を誰だと思っているんだ」

「副社長です」

「よしっ、副社長って呼んだな。下の口もふさぐことに決定」

「なっ、今のはズルイですよ」

夢乃の困った声を聞いて、優は「ごめん」と言いつつ軽く笑う。そうして、横向きだった身体を仰向けにすると、下から夢乃を見つめてくる。

「機能の併用については、俺も考えたことがある。改善案、楽しみにしてるぞ」

「はい。チームの皆にも協力してもらっているので、明日にはお見せできると思います」

彼の言葉にやる気が復活する。

「プレゼンが楽しみだな」

「副社……蔵光さんはいつも余裕ですね。わたしなんて、プレゼンのことを考えるたびにドキドキしてるのに」

「夢乃の企画は俺が太鼓判《たいこばん》を押しているんだから、大丈夫だ」

「それでも、ですよ。初めてだし、緊張します」

「そうだな。ならいっそ、俺に話しかけているつもりでプレゼンしたらどうだ？」

「蔵光さんに？」

「それなら、のびのび説明できるんじゃないか？」

「はい。……でも……」

「ん？」

言い淀《よど》んだ夢乃に、膝の上の優が視線でその先を促《うなが》してくる。

「その……よけいにドキドキして、話せなさそう……」

夢乃を見つめながら、優がゆっくりと身体を起こす。すぐに唇が重なり、そのまま身体がソファーの背もたれに押しつけられた。

「かわいいことを言うな……」

「すみませ……」

謝ろうとした唇を再びふさがれる。彼の唇の感触に心が浮き立った。

しばらくして唇を離した優が、苦笑いを浮かべる。

「いや……俺のほうこそ、すまない。家で副社長扱いするなと自分で言っておきながら、朝から仕事の話ばかりしていた」

「そんなこと気にしてません。仕事の話をしているときの蔵光さんは、とっても素敵です。むしろ、ずっとしていたいくらいです」

ソファーに座り直した優に肩を抱き寄せられる。彼の肩に頭を預けると、大きな手でポンポンと肩を叩かれた。

「また、近いうちに食事に行こう。先日のレストランなら、個室だし夢乃も安心だろう？」

「本当ですか？　嬉しいです。あそこのお料理、すごく美味《おい》しかったから」

「あとは、ホテルの部屋でディナーでもいいな。そのまま泊まれるし」

「と、泊ま……っ」

「なんだ？　デートなんだから当たり前だろう」

夢乃は言葉を出せないまま優を見る。泊まる、の次にデートと言われては、頬の温度は上がる一方だ。赤くなっているだろう頬を、優の指がつつく。

「夢乃は企画の改善案をまとめるのに忙しいし、俺は金曜日から出張が入っている。そうだな、デートは来週末でどうだろう」

「え、今週末、出張なんですか？」

デートの日程より、そちらのほうが気になってしまった。

「ああ。大学で講演があってね。本当はもっと前に行くはずだったんだが、不眠が続いて体調が万全じゃなかったから延期してもらっていた」

「講演……。そういうお仕事もされているんですね。さすが、眠り王子」

心からすごいと思っての言葉だった。だが、言ってしまってから、彼がこの呼び名をあまり嬉しがっていないことを思いだしてハッとする。

咄嗟《とっさ》に謝ろうとしたが、その前に肩を抱かれていた腕にぐるっと抱き込まれた。

「夢乃～」

「ごっ、ごめんなさいっ……からかったんじゃないですっ」

怒っただろうかと慌てて口にするが、なでなでと頭を撫でられ、彼が怒ったわけではないと悟る。

「いいよ。……夢乃にそう呼ばれるのは、なんとなく嬉しいから」

夢乃に呼ばれるなら、という部分に胸がときめく。ほんわりとした気分になったが、眠り王子の名で昼間の出来事を思いだし、夢乃は優に顔を向けた。

「蔵光さん、今日は兄がすみませんでした」

「……ああ、昼のことか？」

「はい。兄が随分失礼なことを言ってしまって」

「失礼なことなら俺も言ったし、気にしてない。夢乃が長谷川部長の妹だったのはちょっと驚いたけど」

「わたしも、蔵光さんと兄が知り合いで……驚きました……」

「クライアントのパーティーや会合なんかで、よく顔を合わせていたからね。数々の海外メーカーのバイヤーと対等に渡り合ったといういわれを持つ有名人だ」

兄の有能さは知っていたが、他社の人間にまでそんなに有名とは知らなかった。

優に評価されていると思うだけで、兄の株がぐんっと上がった気がする。

「ただ、なぜだか俺は、彼に嫌われているらしくてね。顔を合わせても敵意を向けられているとしか思えない。そう感じ始めたのは二、三年前からなんだが、……やはり、ライバル会社ということで、意識してもらえているのかな。スリープコンシェルジュシリーズが軌道に乗ってきたのも、ちょうどそのころからだし」

「二、三年前……ですか……」

なんとなく理由に見当がついた夢乃は、少々乾いた笑いが漏《も》れる。

慎一郎のナチュラルスリーパー嫌いに拍車がかかったのは、間違いなく夢乃が入社したことが関係しているからだ。

「長谷川部長は、早くから海外を飛び回って、自分の力で今のキャリアを積み上げてきた人だから、親の会社で好きにやっている俺のような人間は気に入らないのかもしれないな」

「そ、そんなことないですよ。兄は人の実力は、素直に認める人ですから」

思わず慎一郎のフォローをしてみるものの、夢乃は自分の言った言葉に落ち込んだ。

「……私は未だに、兄に一人前と認めてもらえませんけど……」

「夢乃？」

「……わたしと兄は七つ年が離れていて、なにかあればいつも兄に頼っていました。なんでもやってくれて、なんでも教えてくれる。わたしにとって兄は、すごく頼りになるし、ありがたい存在なんです。けど……それって、裏を返せば、頼りないからわたしには任せておけない、ということでしかないんですよね」

決して慎一郎が嫌いなわけではない。優秀で行動力のある兄は、昔から夢乃の自慢だった。

慎一郎はいつだって、夢乃のために力を貸してくれる。でも……

「どうしようかって迷っているうちに、選択すべき道を決められて、それに従う癖がついていました。それは二十歳を超えて社会人になった今も変わらなくて……。だから、なのか……わたしの中にはいつも、自分を認めてもらいたいという欲求があったような気がします。でも……」

夢乃は優を見つめて両手を彼の胸に添える。

「……蔵光さんは……わたしを認めてくれた」

よみがえってくる感動。優が夢乃の企画を褒《ほ》めてくれたとき、どれだけ嬉しかったか。

「副社長の期待に応《こた》えたいって、思いました。わたしを認めてくれた副社長が、誇りに思える仕事をしようって。単純ですけど、本当に、自分を認めてもらえたのが嬉しかったんです。……子どもっぽいですね」

「そんなことはない」

優の声が優しく耳に響いた。そっと髪を撫でてくる彼の手が気持ちよくて、夢乃はこのまま優の腕の中で眠れたら幸せだろうと思った。

「人に認めてもらいたいという思いは、誰にでもある。男にも、女にも、大人にも子どもにもだ。もちろん俺にだってある」

「蔵光さんにも……?」

髪を撫でる優の手が止まった。優しく夢乃の頭を支え、その額《ひたい》に唇を寄せる。

「夢乃は、俺の仕事の姿勢を褒《ほ》めてくれただろう? 会社にとって大切な人間だと、俺がやっているのはすごいことだと、そう言ってくれた。自分がやってきたことを、ああして認めてもらえて、気絶しそうなほど感動した……」

「すごいことを言われているような気がします……」

「夢乃が、俺のそばにいてくれると思うだけで安心する。その安心感が、不眠症に陥《おちい》っていた俺を眠らせてくれたんだろうな」

そんなふうに言われると照れてしまう。だけど、自分の存在が優のためになれているのだと思うと嬉しい。赤くなって小さく笑うと、額《ひたい》にあった彼の唇がゆっくりと下がってきて、夢乃の唇に触れた。優しく触れるだけの、なぞるようなキス。

今までなすがままだった夢乃は、ちょっとだけ自分から舌を動かしてみる。といっても、口腔《こうこう》に入ってきた優の舌に触れただけだが。

それでも夢乃からキスに応じたのが嬉しかったのか、優は彼女の両頬を手で挟み、顔の向きを変えて深く口づけてくる。

「夢乃……好きだ」

キスの合間に落とされた言葉。それは夢乃を高揚させ、腰の奥を甘くとろかせた。

「わたしも、……好きです」

優もまた、夢乃の言葉に感情を昂《たかぶ》らせたようだ。彼はしばらく貪《むさぼ》るような激しいキスをしたあと、コツンと額《ひたい》をくっつける。

「今夜はおとなしくしている予定なんだぞ。……駄目だろう、煽《あお》ったら。眠れなくなる」

注意を口にする優の口調は、どこか楽しそうだ。

彼の両手に自分の手を添え、夢乃も照れくさそうに頬を染めた。

「わたしも……眠れなくなりそうです……」

その表情に、優がわずかに目を見開く。嬉しげに笑んだ唇が夢乃の鼻の頭から額《ひたい》へ上がっていった。

「夢乃も？」

「はい……。蔵光さん……くすぐったいですよ……」

夢乃が肩をすくめる。それを楽しむように、優は「ん～？」と生返事をしながら唇を耳元へ落とした。

そこに感じる熱い吐息に、ゾクゾクと快感を煽《あお》られる。なんとなく今すぐ彼に抱かれてしまいそうな雰囲気を察し、夢乃は優の胸を押した。

「蔵光さん……あの、お風呂、用意してきますから」

「風呂？」

この雰囲気を壊されるのがイヤなのか、優はちょっと眉をひそめる。が、先に身体を綺麗にしてから……という気持ちもわかるのか離してくれた。

「すぐ用意しますから」

そう言って、夢乃はソファーから立ち上がる。バスルームに向かおうとしたが、放置状態で置かれたお茶のペットボトルやカップが気になって、一旦キッチンへ入った。

ペットボトルを冷蔵庫に戻し、カップをシンクに持っていく。そのとき、うしろから伸びてきた腕が身体に巻きつき、ギュッと抱きしめられた。

どうやら優がキッチンに入ってきたらしい。

「蔵光さん、お風呂……」

「ごめん。待っていられない」

余裕のない彼の様子にカアッと体温が上がる。くるりと身体ごと優のほうを向かされ、すぐに口づけられて、強く抱きしめられた。

情熱的なキスを受けながら、夢乃は広い背中に腕を回す。

優の手が、カットソーの上から胸をまさぐる。そうしながらもう片方の手がスカートをまくり上げるのを感じて、彼がキスだけで終わらせるつもりがないことに気づいた。

「くらみ……っ」

「夢乃を抱かなきゃ、眠れない」

「あっ、まって……」

「夢乃に煽《あお》られたから無理」

カットソーを胸の上までまくり上げ、ブラジャーの上から片方のふくらみを包んだ優は、胸の谷間に顔を埋《うず》める。

そうしながら、ブラジャーのカップを片方押し下げた。すぐに、白いふくらみがぽろんとこぼれでる。谷間にあった彼の唇が、引き寄せられるようにその頂《いただき》を咥《くわ》えた。

「あんっ……」

ピクンと肩が跳ねる。夢乃は思わずシンクの縁を両手で掴《つか》んだ。

優の口の中に含まれた頂《いただき》は、舌で潰されたり、音を立てて吸われたりする。唇や舌でいじられるうちに突起がどんどん硬くなり、感度を上げて疼《うず》きだす。

「あっ……や、ぁンッ……」

うしろはシンクなので、刺激から逃げるように背を反《そ》らしても寄りかかるものがない。腕を支えに仰《の》け反《ぞ》ると、まるで相手に胸を突き出すような形になった。

白く柔らかな胸を揉《も》みながら、優は目の前に差し出された突起を舌先で弾き、くるくると舐《な》めしゃぶる。

「あっ……あ、や……あぁんっ」

与えられる刺激は上だけでは済まない。スカートをまくりあげ太腿《ふともも》を撫でていた手が、ショーツの上から隙間を押し擦っている。

そのじれったいような刺激に、夢乃のそこは布の中で熱く潤《うる》んでいった。

「んっ……や、蔵光さ……」

恥ずかしさに夢乃がじれると、胸の頂《いただき》を口にしたまま優が上目遣いで見てくる。その視線がとても艶《つや》っぽくて、見ているだけで体温が上がった。

「これだけの刺激で、すぐにこんなに濡れてくるのに、なにもしないで寝るつもりだったのか？」

「だっ……て、蔵光さんも、今夜はおとなしくしている……って、あっぁ……」

胸の突起の上に唇があるので、話すたびに舌や歯が敏感な部分に触れる。くすぐったさをくれる快感に、夢乃は上半身を身じろぎさせた。

「やっ……ぁンッ、蔵……光さ……」

「一人でベッドに入っても眠れなかったら、君を起こすことになる。それは困るだろう？　だったら、最初から一緒のベッドで眠ればいい」

「す、すごく、都合のいい言い訳……」

その直後、優の指がショーツの脇から中へ潜《もぐ》り込む。ぬるっとした感触とともに渓谷《けいこく》を開いた指は、迷うことなく蜜口を刺激してきた。

だがそれは、夢乃をじらすみたいに入口のそばで遊ぶ。指の腹で軽く蜜口の周りを押し、ときおり指先を沈めるようにした。

「あっ……あ、指、入っちゃ……」

「ああ、このまますぐに入っちゃいそうだ。熱くてぬるぬるしてて」

「やっ……やぁ……」

つぷつぷつぷっと、蜜をまとわせた指がゆっくりと沈んでいく。どこまで入ってしまうのだろうと思っていると、急に蜜壁を押すように中を擦られた。

「あぁ……あっ！」

両膝ががくがくと震え、その場に頽《くずお》れてしまいそうになる。夢乃はシンクを掴《つか》む手に力を入れ、必死に自分の身体を支えた。

「夢乃のここ、すごく熱くなってる。指が溶けそうだ」

「やっ……ぁ、あっ、ぁ……」

蜜壁を擦る指がぐるりと回され、縦横無尽に刺激を与えられる。彼の指先がある一点を掻くように強く擦ってきたとき、夢乃はたまらず腿《もも》を閉じて腰を悶《もだ》え動かした。

「やっ……、強くしちゃ……やぁ、んっ……」

「痛い？」

「痛くは……ないけど……あ、ンッ……でもぉ……」

「強くされたら、イク？」

カアッと頬が熱くなる。言葉にできなかったことを言い当てられ、隘路《あいろ》がキュウっと収縮した。

「そんなに恥ずかしがらなくてもいいのに。かわいいな、夢乃」

「くら、みつさぁ……んっ……」

恥ずかしいのに、口からは甘えた声が出てしまう。少しでも刺激から逃げようと腰を引くが、当然うしろがつかえて、かえって追いつめられてしまった。

「……そんな声を出されたら、たまらない」

優は片手で器用にブラジャーのホックを外すと、カットソーと同じように胸の上までまくりあげ、先程とは逆の乳房に吸いつく。

そこはまるで、彼の舌を待ちかねていたといわんばかりに、痺《しび》れるような疼《うず》きを広げていった。

「あんっ、ンッ……、胸、あっ……」

「そうか、こっちもいじってほしかったのか……。硬くして」

「ちが……あっ、ハァっ……」

違うと言葉がハッキリと出ないのは、硬くなった突起を優の舌に嬲《なぶ》られているからだけでなく、彼の言葉が当たっているとわかるからだった。

優は硬く凝《しこ》った乳首を甘噛みし、ちゅうっと強く吸い上げてくる。その、びりびりとした痛みは、すぐに快感に変わった。

「んっ、あ……あぁっ、やっ、吸っちゃ……あぁんっ……」

イヤと言っても優の唇は離れない。それどころか、胸に吸いついたまま、蜜洞に挿し込まれた指が小刻みに抜き挿しを始める。

圧迫感とともに奥に溜まった蜜が掻き出され、ショーツの中で湿った音を立てた。

「やっ……あぁん……、蔵光さ……」

「下着がぐちゃぐちゃになってしまったな。まあ……これから風呂だし、いいか」

「あっあ、よくな……いっ、ああんっ！」

「じゃあ、脱ぐか？」

言うや否《いな》や、彼は蜜洞から指を引き抜き、夢乃のショーツを腰から下げた。

足に引っ掛かるショーツが重く感じるのは、蜜を吸って湿っているせいだろう。こんなふうになってしまう自分が恥ずかしい。早く脱いでしまいたくて、夢乃は足踏みをするように脚を動かし、重い布を床に落とした。

すると、床に膝をついた優が、それをシンク側に寄せてクスリと笑った。

「積極的」

「ち……違います」

「自分で脱いだのに？」

「ま、またそうやって自分に都合よく……」

夢乃の文句は全部言わせてもらえなかった。優が彼女の片脚を取り、自分の肩にのせたのだ。

「なに……」

驚いて強くシンクを掴《つか》む。戸惑ううちに、彼の唇を花芯に感じた。

「蔵っ……」

焦って制止の声を出そうとしたら、敏感な秘芽に優の舌を感じ、すぐに喘《あえ》ぎ声しか出なくなった。

「あ……あっ、やっぁあっ！」

ぴちゃぴちゃと音を立て、潤《うる》んだそこを何度も厚い舌で舐《な》め上げられる。けれど、最も敏感な秘芽ではなく、その周辺をまとめて舐《な》められているせいか、もっとしてほしいような、されたらつらいような、歯痒《はがゆ》い疼《うず》きが夢乃を苛《さいな》んだ。

「ダメっ……そこ、舐《な》めちゃぁ……、あぁっ！」

優は夢乃の制止などお構いなしだ。舌をもっと深くまで挿《い》れて、蜜口をくすぐりだした。

「あんっ、ん、ダメっ……お風呂、入ってない……からぁ……」

とんでもなくそれが気になる。おまけに片脚を優の肩に掛けられているので、肩が重いのではないかということも気になる。

脚を浮かせて彼に負担をかけないようにと考えても、片脚では難しく、おまけに絶えず与えられる刺激で思ったように身体を動かせない。

「はぁ、そんなこと気にするな……」

「します……、んっ、あっ、されてるの見えると、恥ずかしいし……」

「じゃあ、見るな」

優はそう言って、腰で溜まっていたスカートを頭からかぶる。舐《な》めている本人が見えなければいいだろうということかもしれないが、スカートの中でごそごそと動いているのを見せられるほうが恥ずかしい。

「んっ、ん……、あぁんっ……いやぁ……」

優の舌の動きが今まで以上に大胆になったような気がする。

「くらみっ……ああっ、ダメぇ……」

身体を支えている脚の膝が、ガクッと落ちる。刺激的すぎて立っていられなくなった。

「しかたがないな、夢乃は」

自身の肩から夢乃の脚を下ろし、優が顔を上げる。息も絶え絶えになっている夢乃を見てクスリと笑った。そんな彼が、濡れた唇を舌で舐《な》め取るようにするのを見て、よけいに体温が上がる。

ドキドキしすぎて、気を失いそうだ。

優はおもむろにスーツの上着を脱ぎ捨て、ネクタイを緩《ゆる》める。そして、ズボンのベルトに手をかけたので、夢乃は視線をそらした。

「あ、あの、……蔵光さん」

「ん？」

「……ここで？」

このままここで最後までするつもりなのだろうか。こういった行為に慣れていない夢乃には、少々ハードルが高い気がする。

視線はそらしているが、どうしたって優の姿は視界に入る。彼は脱ぎ捨てたスーツからなにかを取り出し、自分自身に施《ほどこ》した。

それが避妊具だと夢乃にもわかった。つまり彼はこのままここでことに及ぶつもりなのか。

「夢乃を感じないと眠れそうもない。けど、今夜はベッドに一人で入るって約束した。それなら、ベッド以外で夢乃を抱くしかないじゃないか」

「だから、蔵光さんにとって都合がいい考えですって～」

優が夢乃の腰を引く。スカートを大きくまくり上げ、彼女の片脚を腕に抱えた。

またもや片脚立ちだ。しかし今回は優がしっかり腰を支えてくれている。

「夢乃がほしくて限界なんだ……。いくらでも都合よくする」

「蔵光さん……」

いつも冷静で落ち着いた印象のある彼が、今は随分と余裕なく感じる。それだけ彼が夢乃を求めてくれているのだと思うと、胸をきゅっと鷲掴《わしづか》みにされたような気持ちになる。嬉しくて何でも許してしまいそうだ。

大きく広がった花弁を、熱い塊《かたまり》がノックする。蜜をまとわせるよう上下に擦られたあと、入口を大きく広げられる感触が夢乃を襲った。

「あっ……！」

ぐぐぐ……と、押し込まれるような圧迫感。充分すぎるほどに濡れていたそこは、彼のものをゆっくりと呑み込んでいく。どうしようもない充溢感《じゅういつかん》が夢乃の全身を痺《しび》れさせた。

「あぁ……あっ！　やっ……ぁ……」

しばらく動かずにじっとしていた優の腰が緩《ゆる》やかに動き出す。少しずつ追いつめられていくような刺激がすぐに夢乃を高めていった。

「くら、みつさ……ぁっ、あぁんっ！」

上半身がうねり、力を入れ続けた腕がガクンと崩れそうになる。抜き挿ししてくる彼の腰の動きは緩《ゆる》やかで一定だが、それでも夢乃を翻弄《ほんろう》するには充分だった。

「あああっ……、やっ、ダメ、ダメぇっ……、くずれちゃぅ……んっ！」

ひと突きひと突き、確実に中を穿《うが》ってくる楔《くさび》に、今にも膝から力が抜けそうになる。しかし身体はもっと彼を感じたがっているらしく、必死に脚に力を入れて踏み留まっていた。

「ああ、ンッ……、蔵光さぁ……ん、脚……あっぁ……」

「ああ……ガクガクしてるな」

腰の動きを止めて、優は抱えていた夢乃の片脚を床に下ろす。快感のせいなのかずっと抱えられていたせいなのか、その脚は小さく痙攣《けいれん》を起こしていた。

夢乃の中からずるり……と熱い肉塊が抜け、その刺激に身体が戦慄《わなな》く。

快感とともに中を満たしていたものがなくなった蜜窟が、再びそれを求めてぴくぴくと蠢《うごめ》いているのがわかった。

「夢乃、そのままうしろを向けるか」

そう言いながら夢乃の身体を支えて、正面からシンクに手をつかされる。

背後に回った優に腰を掴《つか》まれ、ぐっとうしろに引かれた。上体が前に倒れ、お尻を突き出した恥ずかしい格好をさせられる。

スカートを腰までまくりあげられて丸出しになったお尻を、両手でやわやわと撫でられ揉《も》まれる。大きな手がお尻の形に沿って身体を這《は》い、ゾクゾクとした震えが腰に広がった。

「お尻触られるの、気持ちいい？」

「そんな、撫で回されたこと……ないから……あっ……」

丸みの上で手のひらに力を入れられ、肌がふるりと粟立《あわだ》つ。

「震えてる……かわいい。でも、いやらしいな……」

「くっ、蔵光さんっ……」

二十五年間生きてきて、いやらしいなんて言われたのは初めてだ。

こんなときだから、というのは頭でわかっていても、つい逃げたくなってしまう。思わず身をよじろうとした瞬間、強い充溢感《じゅういつかん》に襲われ、そのまま身体が固まった。

「あああっ……やっ、ああっ！」

優はすぐに激しい抽送《ちゅうそう》を始めて、夢乃を翻弄《ほんろう》してくる。奥まで貫かれるたびに、肌がぶつかるパンパンという大きな音が聞こえた。

「ダメっ……そんな、ぁっ！　激し……怖いっ……」

「怖くない。こうして、たくさん夢乃を感じたいだけだ」

息を乱し、少し上ずった優の声は、ひどく艶《つや》っぽく感じる。今の彼はあまりに扇情的《せんじょうてき》で、怖いのに、ぞくりとさせられる。

怖いという感情まで快感となってしまう自分が、とても淫《みだ》らに思えた。

「ああっ……、蔵光さぁ……あぁん、や、やぁっ……！」

「この程度じゃ物足りない？　もっとしてほしい？　夢乃の中、ヒクヒクしてもっともっとって、ほしがっているみたいだ」

「そ……そんなこと……あぁんっ！」

強く腰を引き寄せられるせいか、シンクを掴《つか》む腕がだんだん伸びてくる。腕のあいだで顔を下げると彼のものに貫かれる自分の下肢が目に入り、ひどい羞恥《しゅうち》に襲われた。

「んっ……ハアッ、あ、もう……これ、イヤぁ……ああっ……！」

恥ずかしさのあまり声をあげる。だが同時に、そんな濫《みだ》りがわしい行為を彼としているという思いが、夢乃の快感のボルテージを上げていく。

内腿《うちもも》がぴくぴくと痙攣《けいれん》をおこし、快感を解放したがって蜜窟が収縮した。

背中から優が覆《おお》いかぶさってくる。自身の動きにあわせて揺れる乳房を掴《つか》んでこね回し、乳首をキュッとひねった。

「あ、うんっ……！」

「つらいの？　わかった、じゃあもうイかせてあげるから」

「やっ……やぁ、あぁっ！」

乳房を持ち上げるように鷲掴《わしづか》みしながら、優が激しく腰を打ちつけてくる。キッチンに相応《ふさわ》しくない濫《みだ》りがわしい音が響き、そこに夢乃の喜悦《きえつ》の声が加わった。

「あぁあっ、ダメ、ダメぇっ、蔵……も、ぅ……あっ……！」

「気持ちいいか？　イってもいいぞ……ほら……」

優の怒張《どちょう》が狙ったように最奥《さいおう》を穿《うが》つと、夢乃の全身に甘美な愉悦が駆け抜けた。

「ンッ……やぁ、あぁ、あっ――――！」

「……くっ！」

夢乃が喜悦《きえつ》の声をあげたのと同時に、優が苦しげに呻《うめ》き強く腰を押しつけた。

強すぎる快感に、身体をビクビクと震わせる。やがて感覚が消失し、ズルリと身体が崩れていった。

「おっと……」

そんな夢乃を、背後から優が抱きしめる。

そのまま二人は、尻もちをつくようにキッチンの床へ腰を落とした。

その瞬間、夢乃の中を満たしていた彼のものがずるりと抜け、その刺激で下肢が震えた。

「ごめ……なさ、い……。大丈夫、ですか……？」

「それはこっちのセリフだ。大丈夫か？」

「蔵光さんが……支えてくれたから……」

大丈夫、とは少々言い難いかもしれない。身体は快感でふわふわしているが、力を入れ続けた腕や脚にあまり力が入らない。

「無理をさせてごめん」

夢乃の額《ひたい》に、チュッと優の唇が押しつけられる。彼はハアッと熱い息を吐き、彼女をぎゅっと抱きしめた。

「お詫びに、一緒に風呂に入ろうか。綺麗に洗ってやるから」

「い、いいですよ、そんな」

「こんなにダラーンと力が抜けている夢乃を、放っておけない。一人で入って溺《おぼ》れたらどうするんだ」

「……また、自分に都合のいいように言ってません？」

心から心配してくれているみたいに見えるが、夢乃はその裏にある意図を正しく読み取る。すると、優がニヤッと笑った。

「あたり」

夢乃を抱いていた手で手際よくカットソーを脱がし、腕に引っ掛かっているブラジャーも外す。

優は自分のネクタイを取りシャツを脱ぐと、夢乃のスカートをお尻の下までさげて、彼女を横抱きにするついでに床へ落とす。あっという間に入浴準備完了だ。

「入浴は、心身をリラックスさせ良質な睡眠を得るために有用だ。ゆっくり入ろう」

「は、はい……」

ここまできては断ることもできず、夢乃は戸惑いながらもうなずいた。とはいえ、洗ってやるなどの不埒《ふらち》な発言を聞かされた手前、果たしてゆっくりと入浴が可能なのかははなはだ疑問である。

さらに、そう考えてしまうこと自体、自分が風呂でなにかされるかもしれないと期待しているみたいで恥ずかしくなった。

慌ててその考えを振り払い、夢乃は男性とお風呂に入るという初めてのイベントに臨《のぞ》むのだった。

なにかされるのでは……なんて考えていたのが申し訳なくなるくらい、優は夢乃をいたわってくれた。丁寧な手つきで身体を洗い、シャンプーまでしてくれた。

美容院では女性にしかシャンプーをしてもらったことがない。だが、男性の大きな手で髪を混ぜられるのは、とっても気持ちがよかった。

二人で湯船に入ろうとしたとき、優が先に入り、浴槽に脚を伸ばして座ると夢乃に向かって両手を広げた。

「おいで」

抱っこしてあげる、と言われているようで照れるが、くっつけるのは嬉しくもある。

脚を入れてどっち向きに座ったらいいかと迷っていると、「抱きついて」と言われた。

(うわぁ、それはかなり恥ずかしいかも……)

けれど、気持ちはウキウキとしている。こんなふうに甘えさせてもらえるなんて、自分はなんて幸せなんだろう。

とろけそうな眼差しで見つめられ、夢乃はゆっくりと湯船に腰を下ろす。

夢心地の夢乃だったが、途中、あることに気づいて、ハッと腰を上げた。

「どうした、夢乃」

「あ、あの……、あのっ、このまま、座るんですかっ？」

「ああ。おいで」

にっこりと微笑まれて座るよう促《うなが》されるものの、「はいっ」と素直に従えない理由があった。

「あの、でも……、座ったら、……蔵光さん、痛そうだし……」

「大丈夫。挿《い》れちゃうから」

「いっ、挿《い》れっ……」

「なにを今さら驚いている。夢乃を洗っていたときからこうだっただろう？」

夢乃を見上げて、優が不思議そうに首をかしげる。

「み、見てませんから」

ちらりと湯船の中に視線をやった夢乃は、慌てて目をそらした。

そこでは、彼自身が硬くそそり勃っている。

促《うなが》されるまま、「わーい抱っこだー」などと抱きつけば、たちまち、甘えるでは済まないことになりそうだ。

「セックスのとき、夢乃はあまり俺を見てくれないだろう？　だから、一緒に風呂でも入れば隅々まで見てくれるんじゃないかと思ったのに」

「そんな、隅々までなんて、見、見られませんよっ。恥ずかしいです」

「俺は隅々まで見ているけど」

「そ、それは……いいです」

なんとなく言葉を濁《にご》しながら、夢乃は視線をさまよわせる。

「そのまま座ってくれないのか？」

「だって……ですね、さっきしたばかりですし……、というか、したばっかりなのに、どうしてこんなになってるんですかっ」

「なにを言っているんだ」

湯の表面で優が指を弾く。ピッとお湯が飛んで、夢乃の鼻にかかった。

咄嗟《とっさ》に目を閉じた次の瞬間、夢乃の両胸を中央に寄せた優が、そこに顔を埋《うず》めてくる。

「洗ったり流したりしているあいだ、ずーっと夢乃に触っていたんだぞ。好きな女に触って興奮しない男がいるか」

好きな女という言葉に胸がキュンとする。夢乃は鼻に飛んだお湯を指で払いながら、おずおずと優の頭を撫でた。

「……嬉しいです」

「夢乃だって、そうじゃないのか？」

「え？　そう、って……」

言葉の途中で息を呑んだ夢乃は、ビクッとして優の髪を握る。

胸から離れた彼の片手が湯の中へ沈み、夢乃の脚のあいだへ潜《もぐ》り込んだのだ。

「あっ……」

腰を引くが遅い。優の指が秘裂を割って蜜口にあてがわれた。

「ほら、やっぱり」

彼は嬉しそうに、指を上下に動かしそこを擦り始める。

「蔵光さ……」

「ぬるぬるしてる。さっき、あんなに綺麗に洗ったのに」

「う……嘘ぉ……」

「嘘じゃない。ほら」

そう言って指先が軽く入口をくすぐってくる。さらに軽く出たり入ったりを繰り返し、夢乃の身体を疼《うず》かせた。

「あっ……や、だ……」

「中にたっぷり溜まっている感じ。……ここに入れたら、熱くてぬるっとしていて気持ちがいいだろうな」

「もう、やらしいですよぉ……」

「好きな女にいやらしくならなくてどうする。夢乃だって、俺に触られていたから濡れたんだろう?」

「あ……」

優が夢乃を見つめて嬉しそうに微笑む。

相手が夢乃だから、好きな女だから、昂《たかぶ》ってしまったのだと彼は教えてくれた。

夢乃だって同じだ。相手が優だから、——好きな男性だから、自然と濡れてしまうのだ。

優の両肩に手を置き、夢乃は微笑みを浮かべて、こくりとうなずく。

「はい。わたしも、蔵光さんだから……」

意を決して、優に抱きついた。彼は夢乃の中から指を抜き、そっと腰を引き寄せて彼女が収まるべき場所へ導いた。

「夢乃は、俺に触られて感じた?」

「はい……、蔵光さんが、好きだから……」

熱い切っ先が、蜜口に触れる。夢乃は彼に促《うなが》されるまま腰を落とし、ゆっくりと熱い楔《くさび》を呑み込んでいった。

「あっ……あ」

喉を反《そ》らして、夢乃は優の肩に置いた手に力を入れる。

自分を貫く熱さは優のものだが、身体を包むお湯のせいかよけいに熱く感じた。

「あっ……い、蔵光さ……ぁ、あっ……」

「夢乃も熱いよ。溶けそうだ」

すっかり腰を下ろし完全に優のものを呑み込むと、夢乃の腰に彼の手が添えられた。

「自分で動いてみて」

下から小さく揺すられ、甘く掠《かす》れた声で求められる。

そう言われても、経験のない夢乃にはよくわからない。戸惑いつつ、先程優に動かされたように、おずおずと腰を前後してみる。

そのうちなんとなく要領を掴《つか》んできて、左右や上下に腰を動かしてみた。ときどき腰を押しつけると、彼の切っ先が深い所をえぐり、腰が跳ねるほど気持ちがいい。

「ハァ……あっ、んっ……」

夢乃の快感を手助けするように、優が乳房をこね始める。大きく揉《も》み回し、持ち上げてお湯から顔を出してきた頂《いただき》を吸い上げた。

「あっあん、いっしょには、ダメっ……」

さらなる刺激に、ついつい腰の動きが大きくなる。そのとき、硬く勃ち上がった乳首の根元を甘噛みされて、夢乃の全身に電流が走った。

「あっあっ、やぁっンッ……ダメぇっ……」

知らず腰の動きが大きくなる。

「やっ、やぁぁ、ああっ……」

「夢乃が自分から腰を振っていると思うと、よけいに興奮する」

「蔵光さぁ……ンッ……」

熱に浮かされたみたいにどんどん気持ちよくなってくる。

慣れてきたのか自然と動きは大胆になり、夢乃は優の肩から腕を回して抱きつくように腰を擦りつけた。

「気持ちよさそうだな、夢乃」

「はい……」

「じゃあ、もっと気持ちよくしてやる」

優の両手が夢乃の腰を押さえる。次の瞬間、これまで以上の激しさで彼が腰を突き上げた。

「あっ……ああっ、やぁんっ……!」

自分で動くのとは違う強い刺激。蜜路を擦る屹立《きつりつ》は、手加減も容赦もなく夢乃の中に攻め入ってくる。

「ダメ……ダメぇっ……、くらみつさぁ……ん、あぁぁっ……!」

ガクガクと身体を震わせるも、結合部分をしっかりと押さえられているので逃げることもできない。優の突き上げはリズミカルで強く、お湯の抵抗をものともせずに繰り返される。

彼が突き上げるたびに湯面が揺れて、ちゃぷちゃぷと飛沫《ひまつ》があがる。

「今夜は、よく眠れるな」

「あんっ……んっ、ダメっ、そんな……しちゃぁ……！」

「気持ちいいか？　声を聞けばわかるが……教えてくれ」

「んっ……あっ、はい、……はいっ、きもちい……い、あぁっ……！」

つられて答えそうになり、夢乃は優の肩に顔を埋《うず》めてイヤイヤと首を振る。

クスリと笑った優が夢乃のお尻を鷲掴《わしづか》みにして、さらに奥まで自身を押しつけてきた。

痛いほどの快感が両脚を痙攣《けいれん》させ、夢乃は大きく身を震わせた。

「くら、みつさ……もう、ダメっ……ダメぇっ……！」

「いいぞ。俺も、……夢乃がよすぎて……」

「あ……あっ……、やぁん……んっ……――！」

息を詰めた瞬間、腰の奥でずくんと大きな快感の波が全身を襲う。最奥《さいおう》まで埋められていた彼の怒張《どちょう》は、まるで引き留めるように熱くうねる夢乃の中から一気に引き出され、彼女の腹に欲望を解放した。息を詰めていた優が大きく息を吐くと、夢乃も唇を震わせながら息を吐いた。

ギュッと優に抱きつき、彼の呼吸を感じる。

きっと彼も、夢乃の吐息を、心臓の鼓動を、感じてくれていることだろう。

「夢乃……」

優が夢乃を抱きしめる。見つめあった二人は、自然と唇を重ねた。

「我儘《わがまま》を、言わせてくれ」

「なんですか？」

「やっぱり、一人でベッドに入っても眠れないと思う」

「一晩中抱き枕扱いは、イヤですよ？」

「……夢乃がいれば、眠れる」

今夜も一緒のベッドで眠ることが決定し、二人は再び唇を重ねる。

わずかに唇が離れ、見つめ合い、夢乃はちょっと恥ずかしそうに進言した。

「でも……、眠るだけ、ですよ？」

「眠るだけ？」

「……これ以上されたら、明日起きられません」

優はぷっと噴き出すが、夢乃にとっては笑い事ではない。

「できるだけ、善処しよう」

「夢乃ちゃん、苦～いコーヒーいる？」

オフィスのデスクで仕事中に声をかけられ、夢乃は顔を上げる。見ると、梓が心配そうに横から顔を覗《のぞ》き込んでいた。

「ありがとうございます。大丈夫ですよ。でも、どうして苦～い……なんですか？」

「眠そうに頭を下げていたから。眠気覚ましが必要かと思って」

「ああ……」

夢乃は苦笑いを漏《も》らす。席に座ったまま、がっくりと首をうなだれていれば、眠くてウトウトしているのかと思われても仕方がない。

「違うんです。大まかなスライドデータができたので、ちょっとホッとして力を抜いていただけなんですよ」

「ええ、もうできたの？　早いね」

「副社長が出張から帰ってくるまでに、ちゃんと完成させておきたくて」

「出張から帰ってくるのって来週だっけ？」

「はい。月曜日です。戻ってきたらすぐにスライドデータを確認してもらえるように、今日と明日で内容を詰めちゃおうと思ってます」

「張り切ってるねー。プレゼンまであと二週間だもんね」

「はい」

優は昨日の金曜日から、大学の講演のため出張に出ている。講演だけなら明日の日曜日には帰ってこられたそうだが、出張先の大学近くに今回のコンペのクライアントである大手スパハウスグループの本社があるらしい。せっかくなので、コンペ商品が設置される予定のリラクゼーションルームを見学させてもらいつつ、担当者と会食をしてくるのだそうだ。

以前慎一郎がこぼしていたが、これが〝眠り王子〟の接待攻勢というものなのかもしれない。それじゃなくても忙しい優が、そうしてコンペに向けて頑張っているのなら、夢乃だって頑張らないわけにはいかない。

それもあって、本来なら休日の土曜日に、こうしてデータ作成に出社しているのである。

とはいえ、夢乃の他にも出社している社員は多い。梓もそのうちの一人だ。

「そうだ、梓さん。あとでスライドデータのグラフ配置を見てもらってもいいですか？　梓さんの手が空いたときでいいので」

「今でいいよ。私の仕事は、だいたい終わったから」

「ありがとうございます。じゃあ、さっそく……」

快《こころよ》く了承してくれた先輩に感謝をしつつ、夢乃はパソコンに向かって該当データを呼び出そうとした。そのとき、歓声にも似た声がフロアに響いた。

「あー、副社長だ！」

その瞬間、夢乃の手がビクッと震える。つい副社長の名に過剰反応してしまった。梓におかしく思われなかっただろうかとちょっと焦る。

「ほら、見て、これ」

大きな声をあげたのは通路を挟んでうしろの席に座る女性社員だ。梓の同期でもあるその女性社員は、歓声と同時に近くにいた梓を自分のほうへ引っ張っていったらしい。おかげで、驚いた夢乃の様子は気づかれずにすんだ。

「大学のホームページに講演のお知らせが載ってるのよ」

「ほんとだ。副社長の紹介写真、男前ね〜。講演内容に興味がなくても女の子が大挙して来るんじゃない？」

「延期される前は、入場希望者が会場の座席数よりかなり多くて、結局抽選になったらしいよ。だからほら、今回は午前の部と午後の部に分かれてるでしょ」

「あ〜、副社長、大変だぁ」

夢乃は自分の席に座ったまま、チラリと背後を振り返る。興奮する女性社員の横に立ち、梓がパソコンを覗《のぞ》き込んでいた。

女の子が大挙して来そうな優の写真とはどんなものか、ちょっと気になる。

（あとでわたしも見てみよう）

そんなことを考えつつ二人の様子を窺《うかが》う。社内で二人の関係は秘密とはいえ、少しでも優の話題が出ると、やはり気になってしまうのだ。

「よく知ってたね、副社長がこの大学で講演するって」

「私、ここの大学だったのよ。秘書課の高松《たかまつ》さんもそうなんだけど、彼女、今回案内役として副社長に同行してるからこっそり教えてくれたの」

「高松さん？　ああ、秘書課の、あの目立つ綺麗な人？　ほとんど話したことないなぁ。なんだっけ、重役の姪御《めいご》さんなんでしょう？」

「そう。今回も自分から案内役を買って出たらしいよ」

「なにそれ。積極的。副社長って、そういうコネっぽいの嫌いそうな印象なのに」

「なんかね～、今年の初めに、副社長とお見合いしたとかなんとか……ちょっとした噂になってるのよ、高松さん」

「ええっ、ほんとに？」

二人の会話に聞き耳を立てていた夢乃は、お見合いという言葉に、心臓が嫌な音を立ててるのを感じた。知らず背中に冷たい汗が浮かんでくる。マウスに置いていた手が震えて、せっかく開いたデータを閉じてしまった。

「噂だし、本当のところはわからないけどね。それでも彼女が、最近ちょっと天狗《てんぐ》になってるのは確かかな」

「その話が本当だったら、天狗《てんぐ》になるのもわかるけど……」

「でも、もし本当に決まってたら、本人がすでに言いふらしているような気がする～。だから、やっぱり噂の域を出ないいんじゃない」

「そうはいっても、出張に同行して間近で副社長の講演が聞けるのは羨《うらや》ましい。私も聞きたい」

「私も～。副社長って話しかたが上手《うま》いよね。副社長の訓示とか結構好き」

「わかるわかる」

世間話のような二人の会話はコロコロ変わりながら、進んでいく。だが、夢乃はとてもじゃないが世間話では片づけられなかった。

夢乃の頭に思い浮かんだのは、二度ほど顔をあわせた秘書課の女性だった。秘書課で目立つ綺麗な人といわれたら、最初に思い浮かぶくらい整った容姿をしている。

おまけに、慎一郎が来社した日、ロビーで優に話しかけていた彼女の顔を見れば、優に特別な感情を持っているのは一目瞭然《いちもくりょうぜん》だった。

(出張に秘書が同行するとは聞いていたけど、秘書課の女性も一緒とは聞いてない……)

おまけに、お見合いとはなんのことだろう。そんな話もまったくの初耳だ。

(蔵光さん……)

どうしようもない不安が、じわじわと夢乃を包み始めていた。

優がいない週末。夢乃はマンションで仕事をしているときも、会社で聞いてしまった話がずっと頭から抜けなかった。

一度気になり始めると、些細《ささい》なことまで気になってしまい、どんどん深みにはまっていく自覚はあった。その例にもれず、気づけば夢乃は、悪い思考に囚《とら》われ始めていた。

出張先で、優はまた眠れなくなっているのではないか——

眠れずに切羽《せっぱ》詰まった優が、もし同行している秘書課の女性を抱き枕にしていたら……

彼に限って、そんなことがあるわけない。そう思いながらも、悪い考えが止まらなくなってしまうのだ。

夢乃はぶんぶんと頭を振り、悪い思考を追いだそうとする。こんなことを考えていてはいけない。今の夢乃には、優を信じて目の前にある仕事を仕上げることが大切なのだ。

それに、彼のことだ。最初のころのように帰宅早々、夢乃に抱き枕要請がくるかもしれない。ふと、必死の形相《ぎょうそう》で抱きついてくる彼を想像し、クスリと笑みが漏《も》れる。

優が自分にくれた期待を思いだしながら、夢乃はなんとか仕事に集中したのだった。

——そして、雑念に悩まされながらも、夢乃は月曜日の午後までに、スライドデータを形にすることができたのである。

(蔵光さん、いつ帰ってくるのかな……)

夢乃が退社するまでには戻ってくるだろうか。そうしたら会社で彼の姿を見ることができる。考えるとドキドキそわそわしてしまう。

（会社で会えなくても、マンションへ帰れば会えるし。……いいか）

そんなことを考えながら、エレベーターで副社長室のある九階へ向かう。戻った優がすぐに確認できるよう、仕上げたスライドデータと打ち出した資料を秘書課に預けておくためだ。

忙しい副社長のこと、まして今日は出張から帰ったばかり。きっと仕事も溜まっているだろうし、すぐに確認するのは難しいはずだ。

ただ、コンペも目前に迫ってきているし、手の空いたときに資料を確認できるようにと思ってのことだった。

運が良ければ、チラッとでも優の顔を見ることができるだろうか……

そんなことを考えていたとき、エレベーターのドアが開いた。その瞬間感じたフロアの賑《にぎ》やかさに、夢乃は違和感を覚える。普段はとても静かなフロアが、まるでディスカッションが白熱したときの企画開発課並みに賑《にぎ》わっていた。その理由は、すぐに判明した。

「講演、実に素晴らしかったと伺《うかが》っていますよ」

「さっそく企業関係者からオファーがあったというじゃないですか」

「さすがは副社長。私も間近で講演をお聞きしたかった」

エレベーターホールから少し離れたロビーで、数人の重役たちが立ち話をしている。その中心にいるのは優だ。どうやら彼は帰ってきていたらしい。おそらく、帰社した副社長を出迎えた重役たちが取り囲んでいるという感じだろう。

優はこちらに背を向けているので顔は見えないが、なんとなく機嫌がよさそうに見えた。それにほっとした次の瞬間、夢乃は優の横でさらにご機嫌な顔をしている女性の存在に気づいた。

「本当に素晴らしかったのですよ。私、思わずお話に聞き入ってしまいました」

秘書課の目立つ美人――高松女史だった。

彼女はぴったりと優に寄り添い、本来の秘書よりも秘書らしい様子で彼の勇姿を語る。自慢げにも聞こえる彼女の口調は、他の人が知らない優の姿を知っているのだという優越感に満ちているようだった。

高松女史の言葉に、大袈裟《おおげさ》にうなずきながら重役たちは口々に称賛の言葉を重ねていく。そんな中、誰よりも堂々として自分よりずっと年配の重役たちに言葉を返す優。

その光景を、夢乃はまるで別世界のことのように眺めていた。

あの華やかな雰囲気の中に、自分は一歩も足を踏み入れることができない。

それどころか、立ち入ってはいけないとさえ感じる。

──あそこに、自分の居場所はない。なぜか、そう思った。

「あら？」

近づくことも、立ち去ることもできず、その場に立ちすくんでいた夢乃に気づいたのは、高松女史だった。彼女はにっこりと微笑みながら夢乃に近づいてくる。

その動きで、優も夢乃に気づいたようだ。振り向いた彼と一瞬目が合いかけたが、夢乃の視界はすぐに高松女史に遮《さえぎ》られた。

「企画開発課の人でしたわよね？　ここになにかご用ですか？　それとも、降りる階を間違えたのかしら？」

──ここは、あんたが来るような場所じゃない。

……言外にそう言われたのが、はっきりわかった……

「あの……、月末の社内プレゼンの件で、副社長にお渡しする資料があって……」

「それならこちらでお預かりします。副社長には私からお渡ししておきますわ」

──自分の立場を、わきまえなさい。

この場に立っていられなくなった夢乃は、高松女史に資料を渡すと無言で頭を下げる。

そしてうつむいたままエレベーターのボタンを押した。すぐにドアは開き、夢乃は逃げるように飛び乗ってドアを閉めた。

ドアが閉まる瞬間、こちらへ向かってくる優が目に入った。いや、そんな気がした……だけかもしれない。エレベーターの中で、夢乃は無意識に自分の身体を強く抱きしめる。

なんだろう……自分と優とのあいだに、越えられない隔《へだ》たりのようなものを感じた……。

よくわからない不安が込み上げてきて、落ち着かなくなる。わけもないのに、涙が出てきそうだ。

会社にいることをこんなにつらく感じたのは初めてだった。

別世界のように思えた九階フロアの光景や、そこで感じた疎外感。そして、高松女史の勝ち誇った笑み……。それらを思い出すたび、心が押し潰《つぶ》されそうになる。

夢乃は定時になると同時に、飛び出すように退社した。マンションで優の帰りを待つあいだも、夢乃の脳裏に浮かぶのは九階で見た光景だ。

あのとき、優は自分と住む世界の違う人なのかもしれないと、はっきり思ってしまった。

彼は夢乃の勤める会社の副社長だ。しかも、この業界で広く名を知られ、キャリアも知識も自分とはまったく違う人。

もちろん社会的な立場だって……

自室のベッドの上で、膝を抱えて座った夢乃は無意識に下唇を噛みしめる。

そんな当たり前のこと、初めからわかっていたはずなのに――なぜ今になって、そのことがこんなにつらいのだろう……

そのとき、かすかに開いたドアの隙間から、玄関の開く音がする。続いて「夢乃？」と問いかける優の声が聞こえてきた。

壁掛け時計を見るとすでに二十三時を回っている。もしかしたら、あのまま重役たちにつきあわされて食事をしていたのかもしれない。

（あの人も、一緒だったのかな……）

不意に高松女史の顔が思い浮かび、湧き上がってくる感情に胸が苦しくなった。

「夢乃？」

声をひそめた優が、部屋のドアを静かに開いた。夢乃は弾かれたように顔を上げる。

「お、おかえりなさい、蔵光さん」

ベッドから下り、夢乃は優に歩み寄る。部屋に入ってきた優がすぐに彼女を抱きしめた。

久しぶりに感じる優の腕の感触。夢乃はなぜか胸が詰まって泣きそうになりながら、背中に回した手で彼のスーツを握った。

「ただいま、夢乃。もう眠ってしまったかと思っていた」

「蔵光さんが……いつ帰ってくるか気になって……」

「すまない。重役たちに捕まってね。それでも、なんとかこの時間で勘弁してもらったんだ」

思った通りだった。そういえばかすかに彼からアルコールの匂いがする。

「夢乃の持ってきてくれたデータ、とてもよくできていたよ」

「もう見てくれたんですか？」

夢乃は驚いて、彼の胸から顔を上げる。

「執務室に入って最初に見た。当然だろう？」

優は穏やかに微笑んでいる。常に仕事に追われている彼が、最初に夢乃のデータを見てくれたのだと思うと、気持ちが明るくなった。

しかし、先程までの不安がなくなったわけではない。

「あの……蔵光さん？　今日はひと眠りは、しなくて大丈夫ですか？」

「ん？」

「出張先で眠れなかったらって、少し心配していたので……」

「ああ、それが意外と眠れたんだ」

「え、そうなんですか……？」

「ちょうどテストも含めて、代わりの抱き枕を持っていったんだ。効果はまずまずだな。これなら今後、出張なんかで夢乃の代わりにできそうだ」

少し興奮気味に口にされた言葉に、夢乃は息が止まりそうになった。

彼は、なにをわたしの代わりにしたというのだろう……

じわりと冷や汗が浮かんだ。優を見ていられなくて、夢乃はうつむいた。頭の中から、勝ち誇った高松女史の姿が消えてくれない。

（まさか……）

どうしようもなく、身体が震えてくるのがわかる。夢乃はそれを優に悟られないように、そっと彼から身体を離した。

「じゃあ、今夜は抱き枕は必要ありませんね……」

「ひと眠りはいらないけど、入浴したあとに……」

彼の言葉にかぶせるようにして、夢乃は口を開いた。

「それなら、今夜は私も休ませてもらいますね。実は、蔵光さんが帰ってくるまでにデータを仕上げようと、ちょっと無理をして……。安心したら、力が抜けちゃいました……」

優はきっと、入浴したあとに一緒に寝ようと言うつもりだったのかもしれない。でも夢乃はそれを言わせることなく、一人寝を申し出る。声が震えないようにするだけで精一杯だった。

一瞬不思議そうにした優だったが、夢乃が留守中に頑張っていたのは先程のデータでわかったのだろう。優しく微笑んで、彼女の頭にポンッと手を置いた。

「わかった。夢乃も、今日はゆっくり休んでくれ」

「はい。おやすみなさい……」

優が身をかがめ、顔を近づけてくる。唇に触れるはずだったおやすみのキスは、夢乃が顔を下げたことで額《ひたい》に落ちた。

それにより、よっぽど夢乃が疲れているのだと思ったのかもしれない。優は気遣うように頬を撫でたあと、「おやすみ」と言って部屋を出ていった。

ドアが閉まり、優がリビングへ入っていく気配がする。すぐに、部屋の中は静寂が訪れた。

「蔵光さん……」

我慢していた泣き声が、信じられないほど大きく響く。

「わたしは……ここにいていいんですか……？」

優にとって自分はどういう存在なのかが、夢乃にはわからなくなってしまった……

「長谷川さん、副社長室に至急だって」

木曜日の午後、課長から告げられ、夢乃の心臓は大きく飛び上がった。

そのうち呼び出しがくるかもしれないと思っていたが、実際にくるととんでもなく緊張する。

――夢乃はここ二日間、マンションに帰っていないのだ。

この呼び出しは、仕事ではなくそのことかもしれない。

「プレゼンの打ち合わせ？　いよいよ来週だもんね。原稿はバッチリ？」

梓が明るく夢乃の肩を叩いてくる。夢乃は「はい、まあまあです」と答えながら席を立った。

一人エレベーターに乗り込み、深呼吸をする。九階に行かなくてはならないのだと思うと、先日の光景と疎外感がよみがえってきて足取りが重くなる。

優は自分とは違う世界の人だ。あの日、それをはっきりと見せつけられ、その事実をいやというほど再認識させられた。

あれから、自分は優と並んでいていい人間ではないという思いが消えない。

睡眠確保がしたかった優と、住む所に困っていた夢乃。

お互いがお互いを助けるためのルームシェア。それだけのはずだったのに、いつしか、そこに違う感情が芽生えてしまった。

でもその感情は、もしかしたら、それぞれが切羽詰《せっぱつ》まった状態の、非日常生活の中で生み出されたものなのかもしれない。

現に優は、睡眠不足が解消された今、冷静に夢乃の代わりとなる抱き枕をセレクトしていたではないか。

きっとそれは、彼の立場にみあっているものなのだろう。

自分ばかりが気持ちを募《つの》らせ空回りしているのだと思うと、つらくて切ない。なんとなくマンションに帰れないまま、会社で二日間すごしてしまった。

今朝、会社泊が続いていることで課長からチェックが入った。プレゼンの用意も山場を越えているので、忙しいと誤魔化すこともできない。

さすがに今日も会社に泊まるというわけにはいかないだろう。

(どうしよう……ビジネスホテルか、漫喫……)

でも会社に置いておいた着替えも使ってしまった。やはり、一度はマンションに帰らなくては駄目だろう。

いや……こんなことで悩むより、いっそ、新しい部屋を探したほうがいいのではないか。

考えているうちにエレベーターのドアが開き、反射的に緊張する。また、高松女史に睨《にら》まれるのではないかと、被害妄想に囚《とら》われる。

実際には九階のエレベーターホールに人影はなく、いつも通りの静けさだ。夢乃は覚悟を決めて副社長室へ足を進める。不意に、キィっとドアが開く音が聞こえた。

静かな廊下なので小さな音でも耳に入る。おまけにそれは、ごく近い場所から聞こえたのだ。

副社長室の近くにあるドアといえば……

振り返るより早く、夢乃は腕を掴《つか》まれる。そのまま仮眠室に引っ張り込まれた。バタンとドアが閉まる大きな音が響く。そんな中、夢乃は驚きで声も出せない。

室内に引っ張り込まれた瞬間、唇をふさがれたのだ。

――優の唇に。

「んっ……」

少し乱暴に夢乃の口腔《こうこう》を侵してくる彼の舌に喉の奥で呻《うめ》く。思わず彼の腕を握りスーツの生地《きじ》を引っ張ると、優が腕の力を緩《ゆる》めて唇を少し離した。

「どうしてマンションに帰ってこないんだ、夢乃」

唇を軽く触れ合わせたまま、彼が囁《ささや》く。

「副社……長……」

「二日も会社泊になっている。プレゼン用の原稿の他に、泊まるほど切羽詰《せっぱつ》まっている仕事なんてないはずだ」

「離して、くださ……」

優の声はひどく苛立っている。夢乃の言葉は最後まで言わせてもらえず、再び唇がふさがれた。

しつこいくらい吸いつき、夢乃の唇を貪《むさぼ》る。普段なら「仕事中です」と怒っているところだ。

でも今は、怒るより悲しさしか感じない。

「出張から帰ってきたときからおかしいぞ。留守のあいだに、なにかあったのか?」

「離してくださ……いっ。こんな、ところで……」

「おまえがいないと眠れない。また俺を不眠症にするつもりか」

「わたしがいなくたって……代わりがいるじゃないですかっ……!」

グイッと強く優の胸を押す。さっきは動かなかった彼の身体が、夢乃の言葉に驚いたせいか容易に動いた。

「なんだと……?」

優は目を見開いて夢乃を見る。なにを言っているのかわからないと言わんばかりだ。

「わたし……出張に秘書以外の人が同行するなんて聞いてません……。それに、重役の姪御《めいご》さんとのお見合いの話も……」

「どうしてそれを……」

「副社長は……確実に眠れる抱き枕が欲しかったんですよね。だからわたしを、そばに置いていたんでしょう……。代わりが見つかったら……もう……」

「なにを馬鹿なことを……!」

優は再び夢乃を抱きしめ、そのまま足を進める。そうして夢乃は、仮眠室の大きなベッドに押し倒された。上から優に覆《おお》いかぶさられ、夢乃は驚いて目を見開く。抗《あらが》う間もなく彼の唇が夢乃の耳へ移動し、甘い吐息を吹き込みながら耳たぶを食《は》んだ。さらには、彼の片手が彼女の身体をまさぐり始めたのである。

「……副、社長っ……やっ……」

首筋にチュウっと吸いつかれ、ブラウスの上から胸のふくらみを強く揉《も》まれた。すっかり馴染《なじ》んだ彼の愛撫《あいぶ》に、甘美な痺《しび》れが全身に広がりそうになる。危機感を覚えた夢乃は、必死に身をよじって抵抗した。

「やめて……くださ……、駄目です。こんなっ」

「俺が、今もおまえを抱き枕としてしか思ってないと、本気で言っているのか」

「ふ、不眠症も寝不足も改善されたじゃないですか！　なら、抱き枕としての私の役目はもう終わりでしょう？　だから……」

――だから、夢乃の代わりになる抱き枕を確認して……

言葉の続きは口からは出ない。それを言ってしまったら、すべてが終わってしまいそうな気がしたからだ。

自分の立場を自覚した以上、もう抱き枕は終わらせなくてはならない。

この二日間、一人でそればかりを考えていた。なのに、いざ優を目の前にするとなにも言えなくなる。優に、未練があるからだ……

そんな諦めの悪い自分がみじめで、怒りが湧いた。

夢乃は力いっぱい身体をよじり、無理やり優を押しのけ彼から離れる。

「夢乃！」

そのまま部屋を飛び出そうとしたが、彼の厳しい声にビクッと足を止める。

「今夜は帰ってこい。――落ち着いて、話をしよう」

とても真剣な声だった。これを無視するのはさすがに大人げない。夢乃は小さく「はい」と返事をして仮眠室を出たのだった。


優と話をする前に、できるだけマンションにある自分の荷物をまとめておこう。

夢乃はそう考えて、定時で会社を出るとマンションへ向かった。

話をしようと言ったのは優だから、彼もきっといつもより早めに帰ってくるはずだ。どういう話し合いになるかはわからないが、このまま彼と一緒に住み続けることは難しいだろう。

早々に住む場所を探すとして、今夜はどうしよう。ひとまず、ビジネスホテルでもあたってみようか。

そんなことを考えながらマンションのドアの前に立つ。鍵をバッグから出し、開けようとしたとき……いきなり、その手を掴《つか》まれた。

驚いてビクッと身体が震える。顔を横に向け、夢乃はさらに驚いた。

「……現行犯」

そう言ってこちらを見下ろしているのは……眉を吊り上げた慎一郎だったのである。

「いつまでたっても部屋を見つけたっていう連絡がこない……。おまえがアパートを出て、すでに二週間以上経っているのに、だ。そうなると、なにか別に、連絡できない理由があるんじゃないかと疑っても、おかしくないだろう?」

「お兄ちゃん……」

驚き、おびえた表情を浮かべる夢乃を見て、慎一郎は苦笑する。そして、ドアの横に目を向け、クイっと顎《あご》をしゃくった。

「……どうしておまえが、この部屋の鍵を持っているんだ」

兄が示した場所には、優の名前が書かれた表札があった。

「蔵光優……これは、おまえの会社の副社長の名前だよな。同姓同名の友だちとか言うなよ?」

「それは……」

「おまえに会いに会社へ行ったとき、なんだか様子がおかしいとは思った……。厄介《やっかい》になっている友人というのは、副社長のことか」

「お兄ちゃん、これには事情が……」

「なにが事情だ。こそこそと男と同棲とか……、なにを考えているんだ！」

兄がものすごく怒っている。いつになく厳しい声に、思わずビクッと身体を震わせたとき、夢乃の腕から慎一郎の手が離れた。

「夢乃さんは二十五歳です。立派な大人の女性ですよ。まさか、まだお兄さんの許可がなければ、異性と手を繋《つな》ぐことも許されないわけではないでしょう」

そう言って、慎一郎の手を掴《つか》んでいたのは優だった。思っていた以上に早い帰宅だが、彼も夢乃と話をするつもりで早々に仕事を終わらせたのだろう。

慎一郎の手を放し、優は庇《かば》うように夢乃の前に立った。

「長谷川部長、なぜここが？」

優の声も態度も冷静だ。それに対抗するように、慎一郎も涼しい顔で質問に答えた。

「月曜に、帰宅する夢乃のあとをつけた。この部屋に入るところまでを見届けて表札を確認し、間違いなく副社長だとわかった、という経緯です」

「すごい。ストーカーになれますよ」

「家族愛と言ってほしい。いつもの夢乃なら、一緒に住んでいる友だちの名前や住所くらい言ってくるはずだ。なのに、今回に限っては一言もない。おかしいと思うのは当たり前だ。これは、言えない事情がある……とね」

皮肉を口にした優に、慎一郎は不敵な笑みを見せる。

「で、部屋の前で待ち伏せ、ですか？」

「鍵を挿し込めば現行犯だ。ここに住んでいるって証拠になる」

慎一郎にチラリと見られ、夢乃は思わず姿勢を正す。こんなに怒っている兄は見たことがない。下手《へた》をしたら優に殴りかかるのではないかと、夢乃は気が気でなかった。

緊張する夢乃から視線を外し、慎一郎はハアッと大きく息を吐く。苛立ったように髪を掻き上げ、眼光鋭く優を睨《にら》みつけた。

「で？　蔵光副社長。私の妹とは、手を繋《つな》ぐ以上のご関係ということでよろしいのですか？」

先程かけられた優の皮肉を、慎一郎も皮肉で返す。核心をついた質問に夢乃はドキリとするが、優は平然と返した。

「妹さんとおつきあいさせていただいております。中途半端な気持ちではないということを、わかっていただきたい」

そう言って、真摯《しんし》な態度で兄と対峙する優の姿に、夢乃の心が揺らいだ。

この状況は、助け合いから始まったただのルームシェアで、お互いの問題が解消されれば終わるのだと言ってしまえば、済む話なのに……

夢乃と改めて話し合うまでもなく、「そういうことだから」で終わる。

それとも優は本気で、これからも夢乃と一緒にいたいと思ってくれているのだろうか。

「蔵光副社長。貴方は先程、夢乃は二十五歳の大人の女性だから恋愛は自由だ、みたいなことを仰《おっしゃ》いましたね」

「はい」

「その意見に、私は異存ありませんよ。夢乃が幸せならば、誰とつきあおうがなんの文句もない。同棲でも結婚でも好きにしろと思っています」

「お兄ちゃん……」

驚いた。慎一郎が夢乃の恋愛に関して、そんな考えを持っているとは思いもしなかった。

「だが、タイミングが最悪だ。……しかも、すでに同棲しているなんて、ものすごく都合が悪い」

夢乃は湧き上がった疑問のまま首をかしげる。タイミングが悪いとは、どういう意味なのだろう。

「貴方は、今がどんな時期かわかっていて、夢乃を自分のマンションに住まわせたのですか？」

「時期など考えてはいませんでした。お互いがお互いを必要と感じた、それだけです」

「この時期に……ひどく軽率な行動だとは、考えなかったのですか」

「軽率？」

かすかに眉をひそめた優に、慎一郎が溜息をつく。

「コンペですよ。今回のナチュラルスリーパーさんの新商品は、夢乃の企画だそうですね。私も驚きましたが、大抜擢《だいばってき》だ。もしその企画がコンペで採用されれば、かなりの大口契約に繋《つな》がる。なかなか入社二年やそこらの社員がもらえる栄誉じゃない」

慎一郎がなにを言おうとしているのか、夢乃には今ひとつハッキリとわからない。しかし優はわかったのだろう。片手をグッと強く握りしめた。

「御社のコンペの担当は貴方でしたね。貴方とは何度かコンペでご一緒しているが、正直プレゼンが上手《うま》すぎて、当日腹痛でも起こして欠席してくれりゃいいのにと思うライバルの一人ですよ」

「光栄です」

「ですが……もし、この状況が公《おおやけ》になったらどうです？　……どんな事情があれ、邪推は免《まぬか》れない」

慎一郎はそこで言葉を止め、優を凝視する。背に庇《かば》われている夢乃には優の表情はわからない。だが、慎一郎は彼の表情を見ながら話している様子だった。

「それは……いや、だが……」

咄嗟《とっさ》に反論を口にしようとした優の言葉を遮《さえぎ》り、慎一郎が厳しく指摘する。

「企画を大抜擢《だいばってき》された女性社員とコンペ担当者が同居している。しかも、男女の関係にある。人によっては――夢乃が実力ではなく、女を使って貴方に企画を通させたと邪推されかねない状況だ」

夢乃は息を呑んで目を見開いた。

確かに、慎一郎が言う通りだ。今回の大抜擢《だいばってき》を夢乃の実力ではないと邪推されるには充分すぎる状況だった。たとえそれが、間違った考えでも……。

「貴方は、社会的に高い地位にある。この場合、たとえ非がなくても責められるのは夢乃のほうだ。――傷つくのは……妹だけなんだよ！」

今まで一見冷静に話をしていた慎一郎だったが、ついに耐えきれなくなったのか声を荒らげた。今にも優に殴りかからんばかりの勢いで詰め寄ってくる。

「俺が、妹を連れ戻そうと考えるのはおかしいことですか？　蔵光副社長！」

「お兄ちゃん、わかったから！」

夢乃は優のうしろから飛び出し、慎一郎にしがみつく。兄が激昂《げきこう》している本当の理由は、ここにあったのだ。慎一郎が待ち伏せをしてまで夢乃を捕まえにきたのは、黙って男性と同棲を始めたからでも、その相手がライバル会社の副社長だからでもなかった。

夢乃を心配して、妹が傷つく前になんとかしようと、強硬手段に出たにすぎないのだ。

「わかったから……、もうやめて……」

たとえ今、夢乃が傷つくことになっても、そのあとにもっとつらい目に遭《あ》わないよう、苦渋《くじゅう》の決断だったに違いない。

「お兄ちゃん……ごめんなさい……」

小さく呟《つぶや》いた声は、涙で掠《かす》れた。肩を震わせる夢乃に、慎一郎は大きく息を吐いて身体の力を抜く。そして、安心させるように妹の肩をポンと叩いた。

「おまえは、俺のマンションに来い。いいな」

夢乃は言葉なくこくりとうなずく。拒絶することはできなかった。

慎一郎は夢乃の背に手をあて歩くよう促《うなが》しながら、背後の優に声をかける。

「妹に対する貴方の気持ちに嘘はなくても、今は、距離を置いてほしい。妹を守るために。俺が貴方に頼みたいのはそれだけだ。せめて……妹のプレゼンが終わるまでは……」

背中を向ける夢乃には優の顔は見えない。ただ、兄に答える彼の声は聞こえなかった。

慎一郎に押されるまま、夢乃はとぼとぼと足を進める。

マンションを出たと同時に涙を流してしまった夢乃に、慎一郎は「俺を、これ以上ナチュラルスリーパー嫌いにするな」と冗談っぽい口調で言った。

なにもしなくたって嫌いなくせにと皮肉を言おうと思ったが、夢乃にはできなかった。

「……おまえが頑張ってる会社なんだから……」

――その言葉に、よけいに涙がこぼれて止まらなくなってしまったから。

今は距離を置くべきだという慎一郎の言葉に従い、夢乃は会社でも極力優に関わらないよう努めた。幸いにも、プレゼンやコンペで使う資料やデータは、すべて優に渡したあとだった。

夢乃の今の仕事は、社内プレゼンの原稿を仕上げて、当日に備えることだけだ。

これからどうなるかまだわからないが、生活に必要な着替えや私物は、あの日のうちに、慎一郎が優のマンションから持ってきてくれた。

段ボールの中に、普段使う洋服の他、下着が上下セットでそろえられていたのには少々照れたが、今のところ困っていることはない。

こうして優から離れたことで、いろいろと落ち着いて考えることができたように思う。

確かに最初は、藁《わら》にもすがる思いで抱き枕役を引き受けたルームシェアだった。

けれど徐々に近づいていった気持ちに、嘘はない。

抱き枕となるたびにドキドキと騒いだ胸の鼓動も、やがて愛しいものへと変わっていった鼓動も。

そして、初めて二人で食事に行った日、帰り道で告白されたときの驚きや嬉しさも、まだ夢乃の中にははっきりと残っている。

夢乃は、やはり優のことが好きだ。

もし彼が、抱き枕としての夢乃が必要なのだとしても。それでも……

「プレゼン、明日だな」

話しかけられてハッと顔を上げる。目の前では、夕食を一緒に取っていた慎一郎が、ご飯茶碗を持って不思議そうに夢乃を見ていた。

「どうした、ぼーっとして」

「あっ、ううん……なんでもない」

「そんなんで大丈夫なのか？　せっかく暗記した原稿、本番でド忘れするなよ？」

「なに、応援してくれるの？　もしプレゼンが成功したら、コンペで綿福さんのライバル商品になるかもしれないのに」

「バーカ。ライバル会社の新商品って前に、妹の企画が初めて商品化するかどうかってほうが、俺にとっては大事なんだよ」

そう言って箸《はし》を進める慎一郎を、夢乃はまじまじと見つめる。その視線に気づいて、慎一郎の箸《はし》が止まった。

「なんだ？」

「え、うん……、お兄ちゃんが、そんなこと言ってくれるとは思わなくて……」

「そうか？」

「……うん」

これまで半人前扱いしかされてこなかった夢乃は、慎一郎から仕事を認められたり、激励されたりするとは思わなかった。

「夢乃」

箸《はし》を置いた慎一郎が真面目な声を出す。夢乃も箸《はし》を置いて、まっすぐ兄に顔を向けた。

「俺は……、別におまえを認めていないわけじゃない」

「お兄ちゃん？」

「ただ夢乃は、俺に認められてないと思っているだろうなとは、ずっと感じていた」

「どうして、今そんなこと……」

慎一郎が、組んだ腕をテーブルにのせて夢乃を見据える。お説教スタイルに似ているような気がして、つい夢乃の背筋が伸びる。だが、妹を見る兄の目は優しかった。

「おまえに、もう少し信用してくれって言われたときは……、ショックだった」

「え？」

「他人と同居を始めたって聞いて、俺がいろいろと言ったとき。俺に、信用してくれって、すごく言いづらそうに言っただろう」

ちゃんと決められないのに、無理して自分でやろうとするなと、慎一郎に叱責《しっせき》されたときのことを言っているのだろう。

言ってしまったあとに機嫌の悪そうな声を出された。あれは、夢乃が反抗したから怒ったのではなく、夢乃に言われた言葉がショックだったせいらしい。

「信用するとかしないとか、俺にそんなつもりはなかった。俺はただ、おまえのためになにかしてやりたい、それしか考えたことがない」

「あのとき……」

「お兄ちゃん……」

「どっちにしようか迷っているなら決めてやろう。困っているなら助けてやろう。子どものころから夢乃は俺を頼ってきてくれたから、それでいいと思っていた。けど……、確かに口を出しすぎていたのかもしれないな」

ズキン……と、夢乃の胸が痛んだ。

困っていたら、いつも助言をくれたし、力を貸してくれていた。

信頼しているかどうかではなく、ただ……妹のためを思って。

今回のこともそうだ。

なにもなければそれに越したことはない。だが、なにかあったら……と。

夢乃が中傷にさらされ、傷つく可能性をなくすために。

妹を、大切に思うからこそ……

「お兄ちゃん……あの……、ごめんなさい。わたし、酷いことを言って……」

申し訳ない気持ちでいっぱいになり、夢乃はうつむく。すると、ハハハと軽く笑う声が聞こえて顔をあげた。

「だから、俺が一切口出しできない仕事の場で、おまえがどれほどのものを出してくるのか、わくわくしてる。コンペのたびに、腹痛で欠席しやがれって冗談抜きで思う〝眠り王子〟のプレゼンが、今回ばかりは楽しみだ」

〝眠り王子〟という優の異名を聞いて、無意識に夢乃の肩が震える。

「夢乃、おまえはこれからどうしたいんだ？」

「え？」

慎一郎の声が、急に真剣みを帯びる。夢乃は思わず兄の顔を見つめた。

「俺は、せめて社内プレゼンが終わるまでは、蔵光副社長との関係が明るみに出ないようにしたかっただけだ。……このあと、どうしたい？」

「わたしは……」

「あいつのところに戻りたいなら戻ってもいいし、このままここにいてもいい。自分から戻りづらいっていうなら、俺が一緒に行って……」

そこまで言った慎一郎は、ふと言葉を止めて片手で口元を覆《おお》う。だがすぐにその手を外し苦笑いを浮かべた。

「いや……、これは夢乃が決めることだな。一人できちんと考えて、それでも夢乃の気持ちが変わらないなら、あいつのところに戻ればいい」

兄は、いつものように手を貸してくれるつもりだったのだろう。

でもそれを止めて、夢乃が自分で決めることだと、敢えて突き放してくれた。

――自分がどうしたいか……

肩の力を抜いて、静かに考える。そして、思い出す。

優の穏やかな声や優しい微笑み、自分を抱きしめる力強い腕の感触。

「副社長は……わたしを信じてくれたの……」

「ん？」

「仕事で迷って、いつも同じ所で立ち止まっていたわたしを、引っ張り上げてくれたの。絶対にいいものにできる、期待してるって……。嬉しかった。この人の期待に応《こた》えたいって思ったの」

「……その期待に応《こた》えられそうなのか？」

夢乃が大きくうなずく。それが答えだと言わんばかりに、慎一郎は組んでいた腕を解き、ふっと息を吐いてから食事を再開した。

味噌汁を一口飲んでから、いつもの調子で毒づく。

「この美味《うま》い味噌汁を、これから毎日あいつが飲むのかと思うとムカつくな～。やっぱり腹痛起こしてコンペ欠席すればいいのに」

「もう、お兄ちゃんったら……」

夢乃が噴き出すと慎一郎も一緒に声をあげて笑う。気持ちが楽になった夢乃は、照れくさく思いながらも小さく呟《つぶや》いた。

「ありがとう……お兄ちゃん……」

するど慎一郎は、グイッとお味噌汁を飲み干して、空になったお椀を夢乃に向かってえらそうに突き出した。

「おかわりっ」

「もー、威張《いば》りんぼだなぁ」

夢乃はクスクス笑いながら立ち上がり、兄からお椀を受け取る。これが、慎一郎の照れ隠しだと夢乃にはわかった。

「そんなにわたしのお味噌汁が好きなら、お兄ちゃんにお味噌汁を作ってくれる人ができるまで、作りに来てあげるよ」

「もれなく、あいつまでついてきそうだから断るっ」

二人で笑い合い、穏やかな雰囲気がリビングに満ちる。

夢乃の心は決まった。

あとは――優の気持ちだけである。

一週間前、彼と仮眠室で言い争ったとき、優は夢乃に帰ってこいと言ってくれた。けれどそれが、夢乃と同じ気持ちから出た言葉なのか、はっきりしたところはわからない。

それでも、夢乃は優のもとへ戻りたいのだ。

今までみたいに、迷ったまま同じ場所で立ち止まっていたくないから。

だから明日は、彼に恥ずかしくないプレゼンをしよう。

たとえどんな結果になろうとも、彼への精一杯の思いを込めて――

明日は、優に会える。

＊＊＊＊

――眠れない……

ベッドの上に転がったまま、優は片手を目の上にかぶせる。

部屋を暗くしたって、目が開かないように押さえたって、眠れないものは眠れない。

違うビジョンが瞼《まぶた》の裏に浮かび上がり、よけいに眠れなくなるだけだ。

――蔵光さん。

脳裏に、恥ずかしそうに笑う夢乃が思い出される。

下の名前で呼んでほしいと言ったとき、真っ赤になった彼女の様子があまりにもかわいくて、名前でなく苗字で妥協したほどだ。

瞼《まぶた》を薄く開き、指の隙間から暗い室内を眺める。ぼんやりとした視界に、はにかむ夢乃が映った。

「……夢乃……」

その幻はすぐに消える。

夢乃が連れていかれてから、再び眠れない日々が続いていた。以前は仮眠室を渡り歩いたり、いろいろと方法を試していたが、今回はなにもしていない。

初めから無駄だとわかっているからだ。夢乃がいなければ、眠れない。

夢乃と離れて一週間。

眠れぬあいだ、いつも彼女のことを考える。だから、よけいに眠れなくなるのだ。

ふと、仮眠室で優を責めた夢乃を思いだす。

今年の始め突然持ちかけられた縁談のこと、出張に高松女史を同行させたこと。それを、優が彼女に言わなかったこと。

「……あれは……やきもちを焼いたのか……？」

嫉妬《しっと》をするということは、それだけ相手に気持ちがある証拠だ。

そう考えると、こんなときに不謹慎ではあるが、……嬉しい。

——ただ、それは誤解なのだ。

あのとき、優の言った〝夢乃の代わりの抱き枕〟というものを、おそらく彼女は思い違いをしている。高松女史を同行させたことを怒っていた時点で、彼女がなにを曲解しているかはおのずとわかった。

「俺の抱き枕は……夢乃だけだぞ……」

本人に伝わらない気持ちを呟《つぶや》き、優はハアッと息を吐いて再び瞼《まぶた》を閉じる。

抱き枕——始まりはそれだった。

眠りたくて、眠りたくて。とにかく眠らせてくれるなにかが欲しくて必死だった。

抱き心地が最高と言うと夢乃は照れて怒るが、本当なのだからしようがない。

抱き心地とひとくくりにしてしまうと、柔らかいもの、または女性の身体なら誰でもいいんじゃないかという話になるかもしれない。

だが、なんでもいいわけじゃない。夢乃だから、眠れた。

睡眠には、睡眠に入る環境というものが大切になる。それは、人によってそれぞれ違うのだ。

優にとっては、夢乃の柔らかさ、夢乃の形、呼吸と、体温。なにより彼女が醸《かも》し出す雰囲気が、適合した。

「……夢乃がいないと……眠れない」

優にとって、夢乃の代わりなど存在しない。

だがそれが、彼女に誤解を与えてしまった。

彼女が好きだ。抱き枕としてではなく、誰よりもかけがえのない存在になっている。だというのに、それがわかってもらえなかったのは、きっと自分の言葉が足りないせいだろう。

そう思ったから、一週間前のあの日、夢乃に話し合おうと言った。

「結局は、〝お兄様〟に、怒られてしまったけれど……」

そう呟《つぶや》いて、優は思わずふっと鼻で笑う。笑ったのは夢乃の兄に対してではない。愚かな自分自身にだ。

「邪推……か……」

慎一郎に言われて気づいた。むしろ、言われなければずっと気がつかなかったのではないか。

夢乃がそばにいる安心感から、周囲がきちんと見えなくなっていた証拠だ。

情けない……。けれど、それだけ、夢乃が優にとって大切な存在になっているという証拠でもある。

彼女は、なにより愛しい女性であり、大切な部下だ。

慎一郎は、二人の関係が公《おおやけ》になれば夢乃が傷つくと言った。だが……

「夢乃を……傷つけさせたりなどしない……」

重い声で静かに呟《つぶや》き、目の上から手をどけ、優はしっかり目を開く。

明日は社内プレゼンの日だ。

彼女はきっと、素晴らしいプレゼンを行《おこな》ってくれるだろう。

「頑張れ……夢乃……」

明日は、夢乃に会える。

＊＊＊＊＊

社内プレゼンが行《おこな》われる木曜日の朝。

あいにくの曇り空だが、雨ではないだけ良しとしよう。

それに、今日は優と久しぶりに会えるのだ。せめて心だけは晴天のつもりでプレゼンに臨《のぞ》もう。

夢乃はそう決めた。

新商品の社内プレゼンは、最上階の重役用会議室で午前中に行《おこな》われる。

今回のプレゼンの商品は、大手スパハウスグループのコンペに参加することがすでに決まっているため、重役たちの目も自然と厳しくなることが予想された。

夢乃は、企画開発課のチームメンバーに激励されつつ、課長と手伝いを買って出てくれた梓とともにプレゼンに向かう。

最上階は、一般社員はほとんどくることのない場所だ。さすがに緊張する。

重役用会議室の前には、洗練されたスーツ姿の優が立っていた。どこか疲れて見えるのは、もしかして寝不足だろうか。こんなときではあるが、ちょっと心配になる。

声をかけたい欲求に駆られながらも、夢乃は一社員として丁寧に頭を下げた。

「副社長。本日は、どうぞよろしくお願いいたします」

課長や梓も、厳粛《げんしゅく》な面持《おも》《も》ちで頭を下げる。三人を前に、優は穏やかだが力強い激励をくれた。

「期待しています。頑張って」

期待している――

彼の言葉に胸が震える。その信頼に応《こた》えるために、自分はここまできたのだ。それをすべて、今日のプレゼンに込めよう。

夢乃は一度目を閉じ、気持ちを新たにして前を見る。課長や梓と目を合わせると決意を込めてうなずき、会議室へ足を踏み入れた。

「――このように、当初のサイズをわずかに変更し弾力性に修正を入れることで、抱き枕への併用性を持たせました」

たくさんの幹部や役員を前に、自分がこんなに堂々としゃべれるとは思わなかった。

緊張していないわけではない。

夢乃の説明の途中、役員が眉をひそめたり、横を向いて役員同士でなにか話しあっていたり、持っているペンでテーブルをトントン叩いたり……

些細《ささい》な動きがあるたびに自分の説明が足りないのだろうかと不安になる。

でも、彼が見ていてくれている。夢乃を信じて。

これまで自分が頑張ってきた成果を精一杯伝えたい。信じて任せてくれた副社長のためにも。

その強い思いが、今の夢乃を支えていた。

配布した資料の説明をすべて終え、重役たちからの質問もほぼ出つくした。誰もがここで終了だろうと思った中、夢乃は静かに口を開く。

「大切な人がまどろむ姿は、見ているほうも幸せになります。うたた寝には夜の睡眠とは違ったリラックス効果があると思うんです。疲れたときにほっとひと息つくみたいに、少しだけ心と身体を休めて元気になってほしい。そんな思いを、この枕に込めています」

会議室全体に行きわたるようにしっかりと声を張る。けれど心は、優に向けて……

そうして、夢乃の初めてのプレゼンが終了したのだった。

会議室を出た瞬間に、力が抜けそうになる。それを支えてくれたのは、プレゼン中サポートしてくれた課長と梓の二人だった。

「立派だった。素晴らしいプレゼンだったよ」

「すごいよ、夢乃ちゃんっ」

称賛をくれる二人に満面の笑みで感謝を表す。三人は感動冷めやらぬままオフィスへと戻った。

——全力は尽くした。言いたいことも言った。

あとは結果を待つだけ。

六階に戻ると、課員みんなが笑顔で迎えてくれた。

先輩のほとんどが社内プレゼンの経験者だ。初めてのプレゼンを終えた夢乃を労《ねぎら》い、成長を喜んでくれた。夢乃は、これまで協力してくれたチームのみんなや課員たちに心から感謝し、やりきったという達成感と満足感に浸《ひた》るのだった。

そして夕方、再び重役用会議室に呼び出された夢乃は、今回の企画が商品化されることを聞かされたのだった。

「おめでとう」

会議室を出て優にかけられた言葉に、夢乃は深々と頭を下げた。

「副社長のおかげです。ありがとうございました」

頭を上げると、柔らかく微笑んでいる彼と目が合う。なにかを語りかけるような優の視線に、ドキリとした。

見守るような優しい視線を向けられて、プレゼンで彼に伝えたかった気持ちは伝わっただろうかと胸が騒いだ……。

しばらく無言で視線を絡《から》め合っていた夢乃だったが、まだ会議室に人が残っていることを思い出し、慌てて「失礼いたします」と言って踵《きびす》を返す。

「夢乃」

背後から名前を呼ばれ、身体が震えたのと同時に足が止まった。

優が近寄ってくる気配に、ドキドキと鼓動を速める胸を押さえる。夢乃のすぐうしろで立ち止まった優は、穏やかな声をかけた。

「お疲れ。いいプレゼンだった」

「……ありがとうございます」

「慰労会をしようか、二人で」

「慰労会……、まだ、コンペが残っていますが」

「その前に、夢乃に話したいことがある」

少しくだけた口調から考えて、話というのはおそらく、今回のルームシェアについてだろう。

夢乃は振り返り「はい」と返事をする。

「じゃあ、待ち合わせをしよう」

そう言って彼が告げた場所を聞き、夢乃は少し驚く。

それは、二人が初めて一緒に食事をしたレストランだった。


終業後、約束の時間に間に合うよう会社を出る。レストランは個室だ。話し合いをするにはちょうどいいだろう。優がなにを考えてこの場所を指定したかはわからないが、夢乃はもう一度ここに来られて嬉しかった。

どんな話をされても、どんな結末が待っていても、彼のことが好きだという自分の気持ちはハッキリと伝えたい。そう思った。

レストランに到着し、入口に続く階段をのぼり始めたとき……

「夢乃」

背後から声をかけられる。

愛しげに彼女を呼ぶその声に、夢乃はゆっくりと振り返った。

「帰るぞ。夢乃」

優は店の階段の下から夢乃を見上げている。

だが夢乃は、彼の言葉に戸惑った。彼の言いかたは、今からマンションに帰るぞ、と言っているように聞こえる。

「あの……副社長？　これからお店で慰労会、では？」

「中止」

「は？」

「眠いから中止だ。さっさと帰って抱かせろ。おまえの身体じゃないとひと眠りできない」

「そっ、その言いかたやめてくださいってばっ」

抱き枕の要求だとわかっても、やっぱりその言いかたは問題ありだ。思わずムキになる夢乃に、優は強気の笑みを浮かべて会話を続けた。

「おまえのせいでずっと眠れない。これから大切なコンペだっていうのに、どうしてくれる」

「ど……どうしてくれると言われましても……」

「コンペ前はゆっくり眠って脳を整えるものだ。これで俺がコンペで失敗したらどうするんだ」

「それ、わたしのせいなんですか……？」

「おまえのせいだ」

ハッキリと言われ、夢乃は閉口する。顔は笑っているのに、その口調がどんどん乱暴になり、なんだか怒っているみたいに感じた。

「おまえが見当違いなことで悩んで、帰ってこなくなったりするから話がこじれたんだ。おまけに、お兄さんがおまえを連れていってしまって、不眠症は再発するし。だから、おまえのせいだ」

「見当違いなんかじゃ……」

「違うっていうのか？　とっくに断っている見合いを気にしたり、秋には結婚が決まっている高松女史との仲を疑ったり。そういったことを悩むのは、見当違いじゃないのか？」

「結婚が……決まってる……？」

夢乃は目をぱちくりとさせる。一瞬、夢乃が知っているのとは違う人の話をされているのかと思った。

「高松女史は、秋に結婚をする。相手はパイロットだそうだ。現在寿《ことぶき》退社に向けて引き継ぎ中だ」

「え……じゃ、じゃぁ……どうして出張に……、一緒に……」

わけがわからなくなってきた。結婚が決まっている高松女史は、なぜあんな態度を取ったのだろう。まして、あからさまに夢乃を牽制《けんせい》してきたり、出張について行ったり……

混乱する夢乃を見て、優は溜息をついた。だが、溜息をつきたいのは夢乃のほうである。

「一ヶ月でもいいから、副社長の専属秘書にしてほしいって異動願いが出されたんだ。秘書は足りているし断り続けていたら、いつの間にか第二秘書を気取りだして閉口していた。今回の出張だって、講演する大学に手を回して勝手に案内役としてついてきたんだ」

ということは、もともと予定していたわけではなく、彼女が勝手に理由をつけて同行した、ということなのか。高松女史は、なにがしたかったんだろう。

副社長秘書として頑張るというならまだしも、寿《ことぶき》退社が決まっていながら、一ヶ月だけ専属秘書になりたいというのは、いったい……

「あの……高松さんは、どうしてそんなに副社長の秘書になりたかったんですか……？」

「見栄《みえ》を張りたかったようだ」

「見栄《みえ》？」

「結婚披露宴《ひろうえん》のパーティーで、新郎新婦のプロフィール紹介があるだろう。そこで、秘書課勤務、と言われるよりは、副社長秘書として活躍、と言われたほうが聞こえがいいように思ったらしい」

「……はぁ……」

「結婚相手はパイロットだ。披露宴《ひろうえん》には航空会社のお偉いさんも出席する。たとえ、たった一ヶ月間だけでも、副社長秘書であることに嘘はない。そう思ったようだ。……そんなくだらない見栄《みえ》のために自分の仕事を犠牲にする気はなくてね」

吐き捨てるように告げられた理由に、夢乃は言葉が出なかった。副社長秘書の肩書をもらいたいがために、高松女史は優に愛想を振りまいていたらしい。

不機嫌な表情のまま視線を向けられたせいか、まるで自分が怒られているような気分になる。夢乃はビクッとして、思わず逃げ腰になってしまった。

「次は……抱き枕の説明をしようか？　俺が、出張先で夢乃の代わりにした」

「抱き枕……」

そうだ。それがあって、夢乃は見当違いの悩みを抱えることになったのだ。しかし高松女史が関係ないなら、代わりの抱き枕にしたものとはいったい……

「夢乃の代わりにしたのは……、今回の新商品だよ」

「え？」

「うとうと枕の試作品があっただろう？　あれを持って行ったんだ」

「試作品……？」

「ごろごろするには最適な抱き心地だった。あの使用感の良さは、使ってみた者じゃないとわからないな。それに、俺が夢乃に仕込んだ結晶だと思ったら、こう、感極まるものがあった。もうコンペはもらった、って確信したよ」

「仕込んだって……」

苦労して頑張った新商品だ。褒《ほ》めてもらえるのは嬉しいのだが、ときどき出てくる恥ずかしい言い回しはなんとかならないものか。

（わたしが意識しすぎなのかなぁ……）

なんとも言えない気持ちで優を見た夢乃は、ぎょっとして再び腰が引けた。

優が、とても怖い笑みを浮かべて夢乃を見ている。

「あとは？」

「あ……あと……？」

「あと、なにを聞いたら、素直に帰ってくる？　どんな疑問に答えてやったら、また俺の抱き枕に戻る？」

「あの……それはつまり……わたしの存在価値は、抱き枕でしかない、ということでしょうか……」

「は？　なんだそれは」

「だってですね、わたしは普通のどこにでもいる一般社員で、副社長とは、なんというか、その釣り合わないっていうか、住む世界が違うっていうか……だから副社長にとってわたしは、枕程度の価値しかないのかと……お、思うじゃないですか！　いろいろと迷っていたら！」

勘違いしていた自分を恥ずかしく思いながらも、本気で悩んでいた夢乃としては、ついムキになる。優はそんな彼女を一喝《いっかつ》した。

「いつまで迷う！　なにを迷う！　俺といた時間の、なにを迷う必要があるんだ！」

「だって……」

「俺は、夢乃を迷わすことしかできていなかったのか？」

優の声が静かなものに変わる。夢乃を見つめ、一言一言、確認するように言葉を出してきた。

「なにより夢乃が大切だと思っているのに。その気持ちさえ信じてはもらえなかったのか？」

「副社長……」

「俺と一緒にいるのは、不安だったか？　抱き枕でしかない、と思うほど、俺の気持ちはおまえに伝わっていなかったってことか？　迷わせていたのか？」

夢乃は黙って首を横に振る。迷ってばかりの自分でも、たった一つ迷うことのない事実を、もう見つけている。

「……副社長を……好きになった気持ちには……、迷いなんてないです……」

これだけは、疑う余地のない真実だ。

声を震わせて夢乃が口にすると、優は右手を夢乃に向けて差し出した。

「ほら。帰るぞ、夢乃」

「……副社長……」

「早く俺を安心させてくれ。おまえがそばにいなかったら、俺は一生不眠症のままだ」

「副社長……！」

夢乃が階段を駆け下り、優の手を掴《つか》む。そのまま強く手を引かれて、気づけば抱きしめられていた。そして……すぐに優の唇が夢乃の唇に重なった。

夢乃を抱きしめたまま、優は強く唇に吸いつき、あっという間に濃度を高めていく。何度も角度を変えて繰り返される口づけは、息をつく間もないほど激しかった。

不安定な体勢で抱きしめられた夢乃は、足がちゃんと地面についていない。つま先を擦るように足を動かしつつ、必死に両腕で優にしがみついた。

久しぶりに感じる彼の唇は、情熱的に夢乃を求めてくる。

こんなにも激しく自分を欲してくれる彼に、身も心もとろけてしまいそうだ。うっとりと瞼《まぶた》を開いた夢乃は、目に飛び込んできたものに瞠目《どうもく》した。

「ンッ……ん、ンッーー!!」

口をしっかりふさがれているため、悲鳴はくぐもった呻《うめ》き声になる。夢乃は、咄嗟《とっさ》にしがみついていた優のスーツを引っ張る。すると、優が眉を寄せてわずかに唇を離した。

「なんだ？　おとなしくしていろ」

「いや、そのっ、こ、こんな所でですねっ」

「うるさい。副社長と言ったら口をふさぐと言ってあっただろう。まったく、何度言ったらわかるんだ」

「まっ、ちがっ」

再び夢乃は唇をふさがれる。だが夢乃には、キスを黙って受け入れられない理由があるのだ。

夢乃は「ンーッ」と喉の奥で呻《うめ》きつつ、片手で優の背後を示した。

「うるさいって。久しぶりなんだから、キスくらい満足するまでさせろっ」

「うぅっ、うしろ、うしろ、うしろぉ！」

眉を寄せた優が振り向く。そこにはいきなりラブシーンを見せられ、困った顔をする慎一郎が立っていた。

だが、優は慌てるどころか平然と言い放った。

「野暮《やぼ》ですよ、長谷川部長。それとも、覗《のぞ》きの趣味《しゅみ》がおありですか」

優の言葉に煽《あお》られたのか、困った顔をしていた慎一郎は腕を組んでキッと彼を睨《にら》みつけた。

「だーれが、大切な妹と大嫌いな男がイチャイチャしているのを覗《のぞ》き見たいものかっ。腹が立つだけだ」

「腹が立つ……」

そう呟《つぶや》いた優は、夢乃を抱きしめたまま慎一郎に向き直った。

「ほーらほら、羨《うらや》ましいでしょう？　いくら大切でも、妹にはこんなことできませんからねー」

薄笑いの優に慎一郎はムキになる。

「あーあー、できないよっ！　クソッ、ほんとムカつく男だな。冗談抜きにマジで腹痛起こしてコンペに来られなくなればいいんだっ」

なにを張り合っているんだろう、この人たちは……。夢乃はちょっと恥ずかしくなった。

だが、散々慎一郎を煽《あお》ったあと、優は意味ありげににっこりと微笑んだ。

「今後のことも考えて、〝大好き〟になってもらえるように努力しますね。〝お兄さん〟」

「やめろ、気持ち悪いっ」

慎一郎のいやがり具合に、夢乃は冷や汗が出てきそうだ。兄は本気でいやがっている……。

そんな慎一郎に、夢乃が気になっていたことを尋ねた。

「それにしても……お兄ちゃん、どうしてここに？」

すると、慎一郎は不機嫌顔を一転させて微笑む。

「おめでとう、夢乃」

「え？」

「プレゼン、成功したんだろう？」

夢乃は目を大きく見開いて驚いた。

「どうして知ってるの？」

慎一郎は、ムッと眉を寄せて顎《あご》で優をしゃくった。

「蔵光副社長が、おまえのプレゼンが成功したから、慰労会をしようって連絡を寄越してきた」

「え？　お兄ちゃんも誘っていたんですか？」

びっくりして優を見る。てっきり二人きりだと思っていた。

慎一郎は腕を組んで、優を睨《にら》みつけた。

「まさか……、いきなり目の前でイチャつかれるとは思わなかった……。なにが慰労会だ。貴方は単に『夢乃を返してもらう』と言いたかっただけだろう？」

「その通りです。夢乃は連れて帰りますよ」

優は笑顔だ。それはもう……ズルイほどの笑顔だった。

「それと、長谷川部長。すみませんが、コンペもうちがもらいます」

「言ってくれるな。その自信はどこからくるんだ」

「彼女の商品を信頼しているからですよ。コンペでは、いかにこの商品が優れ、素晴らしいかを全力でプレゼンさせていただきます。貴方の大切な妹さんの実力を期待していてください。……泣きますよ」

自信満々にそう宣言した優だが、最後だけ声のトーンが柔らかくなった。不思議に思って慎一郎を見ると、兄が一瞬だけ頬を歪《ゆが》めたような気がした。

「ふんっ……せいぜい楽しみにしておく」

「ぜひ」

ふと、この場に穏やかな空気が流れる。

慎一郎に自分の仕事を見てもらえるのだと思って、夢乃の鼓動が騒ぎだした。

いつも助けられてばかりだった夢乃が、兄の手を借りずにやり遂《と》げたもの……

慎一郎は、どう思ってくれるだろうか。

同じことを考えていたのか、慎一郎が感慨深げに夢乃を見る。

「ほら。早く帰れ。今日は疲れてるだろ」

「お兄ちゃん……」

感動に浸《ひた》る兄妹《きょうだい》に、優の一言が水を差した。

「あ、お兄さん、先日持っていった夢乃の着替えとかが入った段ボール一式、すぐに返してくださいね」

「ったく、わかってますよ。明日か明後日《あさって》にでも持っていく」

「お願いします。あのとき詰めた下着のセット、かわいいものばかりだったので、早く返してほしいんです」

その言葉を聞いて、夢乃はおそるおそる優を見る。

「ちょっと待ってっ。あれを、詰めたのって、蔵光さん？」

「ん？　そうだが。お兄さんが詰めにくそうにしているから、俺が選んで詰めた。脱がしたときも思っていたけど、夢乃はブラジャーの趣味《しゅみ》がいいな。かわいいのばかりじゃないか。それもちゃんとセットで持っている。なんだか脱がす楽しみが増えた」

「な、なに言ってんですかぁ！」

兄の前でなんてことを言ってくれるのだ。夢乃は、恥ずかしさのあまり、真っ赤になって叫ぶ。

夢乃が照れているということは、当然それを聞いている兄の気まずさは計り知れない。

青筋を立てた慎一郎は帰り道をビシッと指差して叫んだ。

「さっさと帰れ‼」

「はい、帰ります。では、お兄さん、また」

「お兄さんって呼ぶな！」

「貴方は夢乃の大切なお兄さんじゃないですか。……それに、近々、ご実家へ挨拶《あいさつ》に伺《うかが》おうと考えています……」

優は、もうこれ以上赤くなれないというくらい真っ赤になっている夢乃を見つめて、最後の爆弾を落とした。

「そのときは、……お兄さんと呼べる権利を、ご両親にいただくつもりです。……必ず」

遠回しだが、これは結婚の承諾をもらいに行くという話ではないのか。

……もう駄目だ。頭がいっぱいで、なにも考えられない。夢乃は今にも脚の力が抜けそうになる。

すると、ヒョイッと優にお姫様抱っこされた。

「ではお兄さん、我々はこれで失礼いたします」

にっこりと微笑み、優は慎一郎に背を向けて歩きだす。

彼の腕に抱かれながら、夢乃はチラリと慎一郎を見る。兄が面映《おもは》ゆい笑みで自分たちを見送ってくれているのを見て、――涙が出そうになった。

胸がジーンとするものの、今はしんみりそれに浸《ひた》ってもいられない。夢乃は慌てて口を開く。

「あの、蔵光さん、わたし自分で歩きますから……」

「駄目だ。離したら逃げる」

即却下、である。夢乃は一応もう一度言ってみた。

「に、逃げませんよっ」

「このまま家まで行く。せっかく抱いた夢乃の身体を離したくない」

聞く耳持たない。なにがなんでもこのまま帰るらしい。

「もう……。意外に……、我儘《わがまま》ですね……」

すると優はピタリと立ち止まり、ぐっと夢乃に顔を近づけた。

「夢乃を手に入れるためなら、我儘《わがまま》でも無茶でもするよ」

「蔵光さん……」

チュッと、唇にかわいいキスが落ちる。夢乃を抱く腕に力がこもり、穏やかな優の声がした。

「夢乃のプレゼン、感動した」

「本当ですか？　ありがとうございます」

「最後に、一言付け足しただろう？『大切な人がまどろむ姿は、見ているほうも幸せになります』って」

「はい……」

「あれは、俺に向けたメッセージだったんじゃないかって、思った」

胸が温かくなる。優はわかってくれたのだ。彼を心地よく眠らせてあげられることが、自分にとってどんなに幸せで嬉しいことだったかを。

「嬉しいです……。わたし、今回のことで、胸を張って副社長の横にいられる自信が、少しついた気がします」

「少し、か？」

「え？」

優が夢乃を見つめる眼差しにドキリとする。凛々《りり》しい瞳は、愛しいものを映し穏やかに和《な》んでいた。

「もっと、自信を持ってほしい。俺も、もっと夢乃が自信を持てるように、これからずっと、守っていくから」

優の言葉に、夢乃は目を瞠《みは》る。自惚《うぬぼ》れでなければ、とても幸せな意味を持つ言葉を聞いたような気がしたのだ。

「ずっと、一生、俺の隣にいてほしい」

見つめ合う視線が絡《から》まる。自惚《うぬぼ》れじゃない。夢でもない。これは現実だ。感動で心が震えそうになる。けれど、ひとつの懸念《けねん》がそれを抑えつけた。

「でも、……ご迷惑にはなりませんか……」

不安そうな夢乃の表情で、彼女がなにを心配しているかわかったのだろう。優は優しくも力強い口調で彼女を諭した。

「俺と結婚することで、お兄さんが言ったような邪推をする人間が出るかもしれない。けれど、そんな考えも、きっとすぐになくなるだろう」

「……どうして、ですか？」

「夢乃のプレゼンを見た者なら、夢乃の企画の素晴らしさを納得した者なら、女を使って取り入ったなんて馬鹿なことは言わない。そんなことを言わせないくらい、夢乃のプレゼンは素晴らしかった」

夢乃は目を見開いて優を見つめる。嬉しい言葉ばかりが自分の中に入ってきて、もうパンクしてしまいそうだ。

「本当……ですか？」

「自信を持て。俺が惚れ直したんだから」

その言葉こそ贔屓《ひいき》目かもしれない。それでも、期待に応《こた》えたかった人に仕事を認めてもらえたことが、とんでもなく嬉しい。

泣きそうになりながら、夢乃は優に抱きついた。

「ありがとうございます……！　……蔵光さん！」

「帰ろう、夢乃。俺たちの家に」

「はい……」

夢のような幸せが全身に溢《あふ》れてくる。

きっと今夜は、幸せな気分でゆっくりと寝られる。そして優を寝かせてあげられる、そう感じた。


マンションに戻ったら、まずは食事を作ろう。

それより、ひと眠りしたいという優の希望を優先しようか。

そんなことを悩んでいる自分が、とても嬉しい。悩むのが楽しいなんて初めてだ。

夢乃はウキウキと頭を悩ませる。だが、それは優によってどちらも却下されてしまった。

食事よりもひと眠りよりも最優先事項として、マンションに帰って早々、夢乃は優の寝室へ引っ張り込まれてしまったのである。

「……ひと眠りするんじゃなかったんですか……あっ……」

「寝るよ。夢乃と一緒に。……シテから」

「て、てっきり、すぐに寝るんだと……」

ベッドの上で転がされながら、ぱっぱと服を脱がされる。

うしろ向きにされブラジャーのホックを外されたところで、つい甘い声が出てしまった。

「あっ、やぁンッ……」

すると、その声を聞いた優がすぐにうしろから覆《おお》いかぶさり、ブラジャーの上から胸のふくらみを掴《つか》んでくる。

「なんだ？　かわいい声を出して。煽《あお》っているのか？」

「ち、違いま……あっ、んっ……」

「いいや。俺が選んだブラジャーを着けているってところからして、誘っているとしか思えない」

「持ってきてもらった荷物の中に入っていたんですから、当たり前で……」

「そうか。じゃあ、こっちもそうかな？」

優は明るく言って、夢乃のスカートをあっという間に取り去ってしまった。

「くっ、くらみつさんっ」

うつ伏せになっていた身体を両肘で支えて振り向くと、優はネクタイを取り、上着を脱ぐところだった。

「そんなかわいい格好をして。やっぱり煽《あお》ってるんだろう」

「そんなことないですっ」

「無意識でそれならよけい怖いな。この先が楽しみだ」

「なにがですかぁっ」

真っ赤になって叫びつつ、夢乃は自分の格好を考える。うつ伏せにされた身体を両肘で支え、優に向かってお尻を突き出すようにしている。ブラジャーは中途半端に外れ、ふくらみが見えるかどうかの微妙なライン。そんな格好で背後の彼を振り向いている。

……大昔、こっそり入った兄の部屋で、こんなポーズをした女性が載っているグラビア雑誌を見なかったか……。

自分が優にどう見えているかを、はっきり自覚してしまった夢乃は羞恥《しゅうち》で肌を赤く染める。

「やっ……やらしーですよっ、蔵光さんっ」

優の視線を恥ずかしく思いながら、さりげなくお尻を落とす。夢乃より先にすべて脱いでしまった優が再び背後から身体を重ね、胸に手を回してきた。

「やらしくなるのは夢乃にだけなんだから、問題ないだろう？」

「きゃっ……」

ずれたブラジャーの隙間から直接肌に触れてきた手が、むにむにとふくらみを揉《も》みしだく。顔を出しかかった突起を指のあいだに挟み擦り合わせた。

「あ、んっ、やっ、そんな強く、しないでくだ……」

「してない。夢乃が身体を押しつけているから強く感じるんだ」

「ん……んっ、くらみっ……」

「かわいいな、夢乃は。ほら、こっち向いて」

夢乃の上半身を自分のほうに向けると、彼は身を乗り出して乳首を口に咥《くわ》えた。そのまま吸い上げる。すぐに硬く凝《しこ》ってきたそれを舌で弾き、くるくると舌で舐《な》め回した。

「あ……あンッ……や、そこぉ……」

彼は胸への愛撫《あいぶ》を続けながら、乳房を掴《つか》んでいた手を下半身へと移動させる。

胸のふくらみを揉《も》むのと同じように、お尻の丸みを力強くこねられる。優しく撫でられるのとは違った刺激は、ちょっと痛いような、じわじわとしたじれったい感覚を夢乃に与えた。

「ハァ……あ、やぁっ、あんっ……」

知らず腰がもぞもぞと動き、足が何度もシーツを掻く。

「くらみ……つさ……、そこ、恥ずかしいです……」

「うん、知ってる。でも気持ちよさそうに悶《もだ》えてくれるから、やめられない」

「なに言って……ああんっ！」

お尻のお肉を強く掴《つか》まれて、まるで電気が走ったみたいな刺激に、腰がヒクヒクと震える。

「ダメ……ぁ、ダメぇ……あぁっ……」

普段あまり触られることのない場所を攻められると、予想外に感じてしまって恥ずかしくなる。そんなふうに感じてしまう自分が、ひどくいやらしくなったようだ。

夢乃のお願いを聞いてくれたのか、優の手はお尻から離れる。だが、その手はすぐにショーツを下げながら前の秘裂へ触れてきた。

「あっ……！」

「ごめん。濡れる前に脱がしてやろうと思っていたのに」

優の指がゆっくりと媚肉の隙間を擦り上げる。言葉の意味をわからせるかのように、ちゅくちゅくと湿った蜜音を聞かせてきた。

「あっ、あっ……やぁっ……そんな……」

「とろっとろで、美味《おい》しそう」

「た……食べちゃ……イヤです……」

夢乃としては、お風呂に入ってないから、という意味だった。しかし優はニヤッと笑って一気にショーツを取り去ってしまう。

「だーめ、食べる。お腹一杯になって眠たくなるまで」

言うや否《いな》や、彼は夢乃の片脚を抱え上げた。

「くらっ……、あっ！」

驚いて腰を引いた次の瞬間、隙間に熱い塊《かたまり》が押しあてられた。

食べる、の意味を勘違いしていた夢乃は、潤《うる》んだ蜜口に触れた彼の滾《たぎ》りに息を呑む。

その直後、なぜか優の身体が離れていった。彼がベッド横の引き出しに手を伸ばしたのを見て、いつもの準備をするのだとわかる。

「無我夢中で忘れるところだった」

忘れないでと言いたいところだが、自分が彼をそうさせているのかと思うと言葉が出ない。

間もなく、再び蜜口に熱い切っ先があてがわれ、一気に挿入された。みちみちと秘裂を割り、熱塊が蜜洞の中に潜《もぐ》り込んでくる。

「ンッ……あぁんっ、やっ、蔵光さ……ぁあっ……！」

「すごい、どんどん呑み込まれていく……。気持ち良くて、怖いくらいだ……」

夢乃の中に自身をすべて収めた優は、すぐに激しく律動し始めた。

「あんっ……いやぁ……、そんな、されたら……あっぁ……！」

あっという間に、快楽の波に呑みこまれてしまう。夢乃の中で暴れる優の欲望が、気持ちよくて……愛おしい。

「そんなにされたら、困るのは……ここ？」

そう言いながら、優が敏感な秘芽の周囲を指でこね回した。

「あっ……ンッ！」

ビリっとした電流が背筋を走り、夢乃の足がぴんと伸びる。

「あぁ……ぁあっ、やぁ……、やぁん、そこっ……！」

「イヤか？」

「も……ぅ、その聞きかた……ズル、い……」

優は腰を揺らしながら、顔を出した秘芽を指で擦り強くつまんだ。身体の奥に広がる甘い波紋に、夢乃はたまらず嬌声《きょうせい》をあげる。

「ああっ！　やぁっ、そんな、触っちゃぁ……アンッ……！」

「じゃあ、触らない代わりに、こっち」

指を離し、彼の楔《くさび》が夢乃の最奥《さいおう》を強くえぐった。

「あっ……痺《しび》れ、る、からぁ……」

夢乃はイヤイヤと頭を振りながら、きつくシーツを握りしめる。

腕に抱えた脚をさらに大きく開かせ、腰を押しつけたまま動きを止めた優は、淫路の感触を楽しんでいるようだった。

「夢乃……」

愛しげに名を呼ぶ彼の声は、欲情に煽《あお》られた獣《けもの》の唸《うな》り声のようにも聞こえる。そんな彼にゾクゾクし、知らず蜜窟に力が入った。図らずも彼を締めつけてしまうと、夢乃の中で彼自身がびくりと震える。それを感じることで、自分もまたさらに快感を得た。

「すごいな……、夢乃に締められるだけで、……イきそうだ……」

「わたし……も……」

「それは駄目」

そう言ってギリギリまで腰を引かれ、すぐに奥まで怒張《どちょう》を突き入れられる。

「あぁぁんっ……！」

いきなりの強い刺激に夢乃の腰が跳ね、背が大きく反《そ》り返る。

脳にまで達する痺《しび》れが全身に行きわたり、優に抱えられている脚がびくびくと痙攣《けいれん》した。

優は快感に身を震わせる夢乃をさらに煽《あお》るように、激しく腰を打ちつけてくる。

「もっとだ。夢乃は、イってイってトロトロに気持ちよくなってくれなきゃ」

「あぁっンッ……！　やぁ、んっ、蔵光さ……ぁ……」

「そしてぐっすり眠る。最高だろう」

「は……はい……、あぁっ、脚……脚、痺《しび》れ……あぁっ！」

優の腕に抱えられ痙攣《けいれん》したままの脚が、快感を逃がしきれずに宙を掻く。

上体を起こした優は、横を向いていた夢乃の身体を仰向けにする。そうして、彼女の両脚をそろえて自分の胸に抱えると、さらに深く火杭を打ち込んでいった。

「あぁ……ダメっ、あっあ……！　溶けちゃ……うっ！」

「夢乃の中、とろっとろで、……俺のほうが溶けそうだ」

「ああん……やぁ……ぁんっ！」

力強く何度も揺さぶられ、夢乃の身体が上下に激しく動く。シーツを握ってそれに耐えようとするが、素直な身体は優の下で淫《みだ》らに悶《もだ》え動いた。

「やっ、やぁ……、そんな、強くしたら……すぐイっちゃ……あぁぁっ！」

「かわいいな夢乃。何回でもイかせてあげるよ」

「そ……んなっ、ダメぇっ……あっぁぁっ……！」

シーツを握りしめガクガクと身を震わせる。優は抱えていた夢乃の両脚を自身の肩に掛け、お尻をやや上げさせた状態で突き刺すような抜き挿しを始めた。

「あ……あっ、やっ、やぁぁんっ！」

「イきたい？　夢乃の中がビクビクしているからわかる」

「やっ、やだぁ……、蔵光さ……んっ、強い……あぁあっ……！」

優の激しさに身体がついていけない。快感がどんどん強くなってきて、身体の中に溜まっていくそれを上手《うま》く昇華《しょうか》できない。

溢《あふ》れるくらいの快感は、溜まって溜まって、弾けたがる。――その状態が、優にはわかるらしい。

「くら、みつさぁん……、わたしっ、それ以上……され、たらぁ……あっあっ！」

両脚をきっちり閉じた状態で貫かれているせいか、下半身すべてで彼を締めつけているように感じる。脚の隙間から出入りする彼の怒張《どちょう》は、狭い門を無理やりこじ開けて繰り返し侵入を試みているようで、なんとも淫靡《いんび》な気持ちになった。

「はっ……夢乃……好きだ」

優の顔が近づき、濡れた唇がふさがれる。

「ふっ……ん、わたしも……」

「なあ、蔵光さんは、もう、やめないか」

「え……？」

「名前で呼んでくれ。そのほうが、嬉しい」

話をしているあいだも、優の律動は続いている。ただ、その腰の振りは小さい。

今にも達しそうだったのに、じらされているようでつらい。気づけば夢乃は、さらなる快感を求めて自《みずか》ら腰を揺らしていた。

「いやらしいぞ、夢乃」

「だ……だってぇ、蔵光さんが……、意地悪……するからぁ」

「じゃあ名前で呼んで。そうしたら、すぐにイかせてあげる」

それを口にするのは恥ずかしかった。呼びたいと思うが、同じくらい躊躇《ためら》いもある。

けれど、優がそうしてほしいと言っている。大好きな人が……

「……すぐる……さん……」

次の瞬間、優の滾《たぎ》りが勢いよく最奥《さいおう》に突き入れられた。夢乃は背を反《そ》らして嬌声《きょうせい》をあげた。

「あぁあっ……あんっ！」

夢乃は優にしがみつき揺さぶられながら、彼の情熱に昂《たかぶ》っていく。

「夢乃……も一回……俺を呼んで……っ」

嬉しそうな声で告げられるお願いに胸が締めつけられる。もう恥ずかしいなんて考えている余裕もなかった。彼が喜んでくれるなら、ずっと呼び続けていてもいい。

「優、さ……んっ、あぁっ、優さ……ぁあっ……！」

「気持ちいい？　夢乃……俺の」

「は……はい……、ぃいっ、気持ちい……ぃで……あぁっ！」

中を擦られる快感が強すぎて、すべての感覚がそれに引っ張られていくようだ。

溜まりに溜まった快感が、大きな波になって襲いかかってくる。

「優さんっ……ぁんっ、ダメぇっ……もっ、ぅ……！」

「愛してるよ、夢乃……」

波に呑まれる直前、最高に幸せな言葉を聞く。そのひとことで、快感の波はもっともっと大きな波になって夢乃を襲った。

「あっ……あっ、すぐるさぁ……あっあ――――！」

腰がヒクっと大きく引きつったのがわかる。恍惚《こうこつ》の中で、意識が白くなっていくのを感じた。

強く腰を打ちつけていた優が、一際強く腰を押しつけその動きを止める。

「――愛してるよ」

再び夢のような囁《ささや》きが聞こえた。

とろりと霞《かす》み始めた意識の中、重い瞼《まぶた》を開く。すると、間近から夢乃を覗《のぞ》き込む愛しい眼差しと目があった。

「優さん……」

ぼんやりと優を見つめつつ、夢乃の身体は恍惚《こうこつ》の海を漂《ただよ》っている。自分のものではないように感じる手を動かし、指先でそっと優の頬を撫でた。

「……愛してます……」

彼の顔が近づき、熱い吐息が唇にかかる。夢乃は、うっとりと微笑み口を開いた。

「わたしの……眠り王子様……」

幸せを囁《ささや》いた唇に、そっと彼の唇が重なった。

「来週のコンペ、夢乃も参加しないか？」

翌朝、突然そう提案されて、夢乃は面食らってしまった。

今回コンペに参加するのは、副社長である優だけのはずだ。

スーツの上着を羽織る優に、ネクタイピンを選んでいた夢乃は驚いて問いかける。

「いいんですか？　わたしがついて行っても。邪魔になりません？」

それが一番心配だ。アシスタントを連れてくる企業も確かにあるが、優はひとりででてきてしまうため特に必要ないと思っていた。

戸惑う夢乃に、優はシャツの袖にカフスをつけながら笑顔で答える。

「邪魔になんてなるわけがないだろう。夢乃は企画開発者だ。同行してなんの問題もないし疑問に思う人間もいない」

「それなら……」

ちょっとわくわくする。社内プレゼンはアシスタントとしても経験済みだが、大きなコンペというものは参加したことがない。それに、優のプレゼンをそばで聞けるチャンスだ。

「わたし、なにをお手伝いすればいいですか」

考えられるとしたらスライドだろう。それは自分のプレゼンでも使用したし、内容は頭に入っているので、打ち合わせをすればすぐに対応できるだろう。だが、あっさりと否定された。

「いや、夢乃はなにもしなくていい。俺の横で座っていてくれ」

「なにも？　え、どういうことですか？」

「隣に座って、プレゼンする俺のかっこいい姿を見ていてくれればいい」

大真面目な顔で言われてしまい、反応に困る。

（そりゃあ、かっこいいだろうなぁ……。なんたって、あのお兄ちゃんがプレゼンを褒《ほ》めるくらいだもん。絶対かっこいいよね）

だけど、それだけでコンペに参加させるというのは、どうなんだろう……

夢乃の戸惑いが伝わったのか、視線をそらした優がハアッと嘆息する。

「昨日の夢乃が、かっこよかったんだ……」

「はい？」

夢乃がキョトンとすると、優はわずかに眉を寄せた。

「今まで見たことがないくらい、キリッとして、質問にも的確に答えていて、隙がないっていうか余裕があるっていうか……」

予想外の褒め言葉《ほほ》だ。夢乃は慌ててしまう。優の正面に立ち彼に詰め寄った。

「そんなに褒めないでください。照れますっ」

「本当のことだが？　言っただろう、惚れ直したって」

「……ありがとうございます」

照れつつ、昨日の思いを口にした。

「昨日のわたしに余裕があるように見えたのは、優さんに聞いてもらうつもりで話していたからです。ここにくるまでの思いを、すべてぶつけるつもりで……」

不意に優の手が顎《あご》にかかり、夢乃の視線が上を向く。そこには、見つめずにはいられない愛しい瞳がある。唇が温かくなって、夢乃はそっと目を閉じた。

柔らかなキスと同時に、ふわりと抱きしめられる。

「かっこいい夢乃を見せつけられたままじゃ、悔しいだろう？　今度は、俺が夢乃にかっこいいって思わせる番だと思ったんだ」

溜息をつき、眉を寄せてぽつりと白状する優は、ちょっと照れているように見える。

〝眠り王子〟のあだ名を恥ずかしがったときのことを思いだして、ひそかに胸がキュンとした。

彼らしくないこの反応は、かわいすぎて反則だ。そう思うと、夢乃の顔に笑みが浮かぶ。

「優さんは、いつもかっこいいですよ」

照れくさい言葉なのに、夢乃は微笑んで断言した。

「そうか？」

「はい。わたしは毎日、惚れ直してますよ。だからプレゼンでは、わたしじゃなく、みんなに優さんを、かっこいいって思わせてください。クライアントも、ライバル企業の担当者も、……もちろん、お兄ちゃんにも、『さすがは眠り王子』って言わせてくださいね」

笑顔でそう言うと、優が眩《まぶ》しそうに目を細めた。そのままギュッと強く抱きしめられる。かと思ったら腰を持たれ、高い高いのように持ち上げられた。

「コンペでの勝利をプレゼントして、また俺に惚れ直させてやる」

清々《すがすが》しいくらい自信を漲《みなぎ》らせた、彼の頼もしい言葉に、夢乃は両手を伸ばして優に抱きついたのだった。

――そして後日、ナチュラルスリーパーは、コンペでの圧勝を収めるのである。

エピローグ

コンペの翌日の土曜日。本来は休日だが、コンペの後処理があるからと会社に呼び出された。

優も今日は緊急会議があるといって出社するらしく、さっき別れたばかりだった。

そんな中――

「コンペの大勝利、おめでとー！」

オフィスのドアを開けた瞬間、湧き起こった拍手。そして……

「夢乃ちゃんの担当企画商品第一号、決定おめでとう!!」

梓のあおりで、さらに大喝采《だいかっさい》が起こる。

企画開発課のオフィスには、課長を始め、今回のコンペに関わっていない課員や研究室社員まで集まり、夢乃に祝福の拍手を贈ってくれた。

「……あの……、コンペの後処理って……」

「え？　夢乃ちゃんに『おめでとう』を言うことに決まってるじゃない。で、夢乃ちゃんは、みんながくれるウザったいくらいの『おめでとう』を受け取ることよ」

夢乃は目をぱちくりとさせたが、すぐにじわじわと感極まっていく。自分を注目するオフィス内をぐるりと見渡し、深々と頭を下げた。

「ありがとうございます！」

休みの日にもかかわらず、わざわざ集まってくれた課員たちに心から感謝する。

「皆さんが……力を貸してくれたおかげです……。本当に、あり……」

まさかいきなりこんなサプライズを受けるとは思っていなかったので、なかなか言葉がでてこない。どうやって感謝の気持ちを伝えよう。そう考えれば考えるほど、涙が溢《あふ》れてきてしまった夢乃は、言葉を詰まらせる。

するとと、梓がポンッと彼女の肩に手を置いたのである。

「よかったね、夢乃ちゃん。大活躍だよ。もう、企画開発課で一番の下っ端、なんて言われないよ」

「あずささん～」

梓がハンカチを差し出し、夢乃はそれをありがたく受け取り涙を押さえた。

――昨日行《おこな》われたコンペは、ナチュラルスリーパーの圧勝だった。

コンペ用商品の〝うとうと枕〟は、本格的な睡眠に使用されるものではないながら、計算されつくした安眠効果が売りで、それぞれのライフスタイルに合わせた仮眠やうたた寝を、より快適にするという商品だ。さらに、枕として優れながら、抱き枕という併用性も持っている、多彩な商品の魅力がクライアントの称賛を獲得した。

プレゼンを行《おこな》う優は、堂々と自信に満ち溢《あふ》れており、聞く者の興味を掴《つか》んで離さない素晴らしい話術を披露し、会場中を魅了したのだった。惚れ直すどころかその場で抱きついてキスしたくなるほどかっこよかった。

「副社長のプレゼンってすごいって聞くよね。夢乃ちゃんは間近で見てたんでしょう？羨《うらや》ましい」

誰かがそんなことを口に出す。それにのっかるように男性課員の悔しそうな声が聞こえてきた。

「一緒に参加できるくらいになりたいよなぁ。すっごく勉強になりそうだし！」

「だよなー。新年会のとき、少しだけ話をさせてもらったけど、それだけでも貴重な経験になった」

夢乃は、以前梓が同期の女性課員と副社長の講演を聞いてみたいと盛り上がっていたことを思いだす。優がこんなにも社員に慕われている事実に嬉しくなった。

そこでふと、優に社内講演会の提案をしてみようと思い立つ。もしかしたら、今日のサプライズのお返しになるかもしれない。

そのとき、課長の席の内線電話が鳴った。

「盛り上がっているところ悪いけど、長谷川さん、副社長がお呼びだよ！」

課長が受話器を片手に叫ぶ。優から呼び出しとはなんだろう。会議は終わったのだろうか。もしかしてランチの件だろうか。

「はい、すぐ行きます！」

夢乃は張り切って答え、もう一度みんなにお礼を言ってオフィスを出る。

足早に給湯室の前まで来ると、スマホを取り出し優にメールをした。

「よしっ」

そして、副社長室へは行かず、給湯室と同じ並びにある六階の仮眠室へ入ったのだ。

室内には誰もいない。カーテンは閉まっていないので、室内には柔らかな光が射しこんでいた。

殺風景なこの仮眠室から、二人の関係は始まったのだ。

ベッドで仮眠を取っていたのに目が覚めたら男の人に抱きつかれていた……

あのときの衝撃を思いだしていると、かすかに廊下を走る靴音が聞こえてくる。もしや、と思う間もなくドアが開き、優が顔を出した。

「なんだ夢乃。こんな場所に呼び出して」

「逆呼び出しです。これまで何回か呼び出されているので」

「仕返しか〜。じゃあ、このお返しは、忘れないうちに今夜しようか」

「なんですかそれっ！」

「ぐちゃぐちゃになるくらい夢乃を抱きしめて、愛《め》でまくりたい気分だ」

「なにか良いことでもあったんですか？　緊急会議って言っていましたけど」

優はご機嫌だ。夢乃の前までくると彼女の顔をヒョイッと覗《のぞ》き込んだ。

「聞きたいか？　夢乃にも関係することだぞ」

「わたしに？」

なんだろう。すごく気になる。しかしその前に、夢乃にはどうしてもやりたいことがあった。

「じゃあ、その前に……ちょっと……」

夢乃は満面の笑みで優の胸をポンッと叩き、仮眠用ベッドへ向かう。端っこに座って彼を手招きした。

「なんだ？」

優が近づいてくると、両手でポンポンとベッドの上を叩く。これだけで夢乃の意図に気づいたのだろう。優はにこりと微笑んでベッドに寝転がり両手を広げた。

「おいで、夢乃」

夢乃が優の腕の中へ入り、位置を調節する。

「ああ……これだよ。最高だ」

「当社新商品の、うとうと枕よりもですか？」

すると、優は自信たっぷりに答える。

「もちろんだ。でも、あの枕も負けてない。なんといっても、夢乃の感触をデータ化して、素材に反映させているからな」

「ええっ!? そんなの初耳ですけどっ……！」

「俺のこだわりだ。そう、夢乃を呼び出したのは、これに関した会議の話を聞かせたかったからなんだ」

「なんですか？　コンペで勝利したから、ご褒美《ほうび》でももらえるんですか？　あ、でも、コンペで活躍したのは優さんのほうですね」

軽く冗談を言って優の胸に頭をつける。すると、夢乃の髪を彼が優しく撫でた。

「シリーズ化が決まりそうだ」

「え？」

思わず顔をあげ、夢乃は目を大きく見開いて優を見る。

「今回のうとうと枕のシリーズ化だ。サイズと弾力性、内部構造を微妙に変化させて、ユーザーパターンでシリーズ化する」

「すごい……」

「大口契約先になったスパグループからの提案だ。それで緊急会議になった。企画を立ち上げて会議を重ねて、の繰り返しになるから、忙しくなるぞ。スリープコンシェルジュシリーズのノウハウも使っていくから、俺も全面協力する。企画開発課には週明けに通知されるだろう。その前に、おまえに確認したい。やれるな、夢乃」

「は、はいっ、頑張りますっ」

優のスーツの襟《えり》を掴《つか》み、夢乃は力強く返事をする。新しい仕事に意欲を燃やし、興奮状態で「んーっ」と優の腕の中で身を震わせた。

「おっ、武者震《むしゃぶる》いか？　頼もしいな。ぜひとも、スリープコンシェルジュシリーズを追い抜く勢いでやってくれ。そうしたら、俺も『眠り王子』と呼ばれなくなるかもしれないしな」

「さすがにそれはないですよ。うちの会社の主力商品ですし……。それに、優さんが『眠り王子』というのも、やっぱり女性なら、みんな思うことだから」

優がこの名前を恥ずかしく思っているのはわかっているが、夢乃は少しだけ本音を漏《も》らす。

するとグッと身体が引き上げられ、真正面に優の顔が迫った。

「大丈夫さ。すぐに『眠らせ姫』が噂になる。それに……俺は、夢乃の王子様でいられれば、それでいい」

なんだかんだいって、言うことも王子様である。じわじわと頬が熱くなり、夢乃は照れ隠しに「もぅ……」と窘《たしな》めるように呟《つぶや》くしかない。

「ああ、そうだ夢乃。商品名が決まったぞ」

「え？　なんていうんですか？」

「すごく気持ちのいいものだ」

コンペ後に決めるとされていた正式な商品名を聞いていない。夢乃を見つめる優を見つめ返し、問いかける。

「教えて？　優さん」

「……〝夢のネムリ〟だ。安心できて、優しい夢心地になるように」

夢乃がわずかに目を見開く。もしやと感じた答えは、すぐに彼がくれた。

「夢乃を抱いてウトウト眠りについたときの気持ちよさをイメージした。本物の夢乃の身体は俺だけのものだけど」

「優さん……」

「夢乃の初商品、いや、二人の初仕事だ。ずっと思い出に残る、名前をつけたかった」

じわりと涙が浮かぶ。温かな思いが胸に広がった。

「嬉しいです」

「夢乃がくれる、この安心感と心地よさは、俺だけのものだからな」

「はい……」

夢乃がにこりと微笑む。彼女の顎《あご》に手をかけた優が、唇を近づけた。

「優さんも、わたしだけの眠り王子ですよ」

お互いの唇が、そっと重なる。

そんな二人を、室内に差し込む柔らかな光が包んだ。

唇を重ねる合間に囁《ささや》き合った言葉が、静かに心に届く。

——いつまでも、一生、と……

眠り王子のご奉仕要求

「講演会？　社内で？」

夢乃の提案を耳にして、優は不思議そうに彼女を見た。

「はい……。優さんがお時間のあるときに、どうでしょう……」

そこまで言って、夢乃は言い淀《よど》む。

気づいてしまった。

ただでさえ忙しい優が、時間に余裕があるときなど……はたしてあるのだろうか。

今日も接待という名の残業を終え、二十二時を回ったころに帰宅した。食事はいらないというので、お風呂の用意をして彼を寝室へ呼びに行く。

すでに着替えているかと思えば、彼はスーツの上着を脱いだ格好でベッドに転がっていた。

チャンスとばかりに、考えていた講演会のことを提案したのだが、言ったことを後悔する。

「講演、ねぇ……」

呟《つぶや》きながら、優はゆっくり身体を起こす。それがまたけだるそうに見えて、夢乃は慌てて両手を胸の前で振った。

「ううん、いいの、いいの、この話は忘れて。ごめんなさい、疲れているときに仕事の話とかしちゃって……」

「いや、別にかまわない。夢乃はどうしてそんなことを言い出したんだ？　講演というのは、睡眠科学のほうだろう？」

「はい」

「会社で社員相手に講演をしたことはないが、社内報で睡眠科学についてのコラムは書いている。知らないか？」

「もちろん知ってます。わたしも、あの記事はずっと読んでるし……。でもやっぱり、実際に講演を聞いたほうが勉強になるし……」

遠慮がちな夢乃に、優のほうが話を進めてくれる。彼はベッドに腰掛け、息を吐きながらネクタイを緩《ゆる》めた。

「で？　その意図はなんだ？　なにか理由があるのか？」

「あの……、みんなが優さんのお話を聞きたがっているって知って……」

「ん？」

なんとなく言いづらさを感じながら、夢乃は両手の指を合わせて控えめに言葉を出す。

「優さんの講演やプレゼン、聞きたがっている社員って多いんですよ。話をさせてもらっただけで勉強になったって言っていた社員もいます。でも、そんな機会なかなかないじゃないですか」

優は黙って話を聞いてくれている。夢乃は自分の例を出した。

「わたし、実際に優さんのプレゼンを聞いていて、とても勉強になったし仕事に対して以前よりやる気が出ました。すごく感動したんですよ。社員がこれを聞きたい、って思うのもわかります。それに……なにより優さんが、そんなふうにみんなに慕われているのが嬉しくて……」

最後に本音が出てしまった。

「それで、講演会、か」

こくりとうなずき、夢乃は上目遣いで優を見る。彼は腕を組んでなにかを考えこんでいるようだった。

「突然こんなこと言っちゃってごめんなさい。優さんが忙しいのはよく知ってるのに……」

「そんなに遠慮ばかりするな。いい考えかもしれないしな」

優は副社長の顔をして思案する様子を見せる。その凛々《りり》しい雰囲気に、つい見惚《みと》れてしまう。

「ときに、つかぬことを聞くが……」

ふと顔を上げた優が、じっと夢乃を見る。

「はい？」

夢乃は、両手を身体の前でそろえて小首をかしげる。

「同じ企画開発課……または親しい人間に、俺と恋人同士だと言ったか？」

首をわずかにかたむけたまま、夢乃は固まる。直後、カーッと頬が熱くなった。

「い……言ってません……」

「どうして」

「ど、どうしてって……」

改めて、優と恋人同士なのだと意識して照れる。

だが、それとこれとは別問題だ。相手が相手だけに、おいそれと口にできることではない。

……そもそも、信じてもらえないかもしれないし……

「だって……言えませんよぉ……。副社長と、そんな、あの、恋人同士なんて……」

「イヤなのか？」

「そうじゃなくて、照れくさいし、立場が違いすぎるから言いづらくて……」

らす。


「言えばいいだろう。副社長と恋人同士だって」

「そ、そりゃあ、いつかは言わなくちゃならないときが来るかもしれませんけど、なんというか心の準備がですね……。もうっ、優さん、なんでそんな意地悪言うんですかっ」

今までこんなこと言わなかったのに。夢乃が困った顔を見せると、優が視線を横にそらす。

「夢乃って、企画開発課はもちろんだけど、研究室の職員とも仲がいいよな」

「え？　それは、やっぱりいろいろとお世話になりますし……」

「研究室は、ほとんど男の職員だ。企画開発課だって男が多いし。確か、営業もよく出入りするだろう？」

なんとなく優が考えていることがわかりかけ、夢乃は言葉が出なくなる。

「夢乃は俺のものだからって、大っぴらにできたらな〜ってたまに思う。そうしたら、夢乃が他の人間と仲がいい話を聞いても平気なのに」

ポンッと音をたてるように顔が熱くなる。嬉しいと照れるが一緒にやってきた気分だ。

（すっ、すぐるさんっ、やきもちですかっ？）

言葉なく照れる夢乃にチラリと視線を置いて、優はふっと苦笑した。

「とはいえ、せっかく仕事が乗ってきてるときにそんなこと公表したら、いろいろと夢乃がやりにくくなるかなー、とか。俺としても、いろいろと考えるわけだ」

「優さん……」

「いいさ。俺たちのことは……どうせ、いずれは知れることだし」

にこりと微笑まれ、ドキッとするやらキュンとするやら。

——いずれは知れる。そうだ、夢乃は、優にプロポーズをされているのだから。

「でも、社員に話を聞いてみたいって言ってもらえるのは嬉しい。講演会、前向きに考えよう」

「本当ですか？　ありがとうございます！」

嬉しい言葉をもらって笑顔になると、いきなり腰を抱かれ、夢乃はベッドに押し倒されてしまった。

「ななっ、なんですかぁっ」

上から見下ろす優がニヤッと笑う。慌てる夢乃の頬をふにふにとつまんで、悪戯《いたずら》をするように唇を吸い上げた。

「ふぅぅ～～っ」

自分でもよくわからない呻《うめ》き声をあげ、夢乃は優の下でじたばたする。唇を離した優が楽しそうに笑った。

「あんまりかわいい顔するな。ぐっちゃぐちゃにいじくり回したくなる」

「すっ、すぐるさんっ。言いかたがやらしいですっ」

頬から離した手で顔を撫でられたかと思うと、再び優の顔が迫った。

「かわいいな、夢乃。あんまりかわいいから、俺のお願いも聞いてもらおうかな」

「お願い？」

優の意図がわからないまま彼を凝視すると、形の良い唇からスラリとすごい言葉が飛び出した。

「ご奉仕、してもらおうかな」

夢乃は固まる。

（ご……ご奉仕って……）

パッと頭に思い浮かんだ〝ご奉仕〟はひとつだ。おまけに優は、意味ありげに指で夢乃の唇をなぞっている。

「俺、疲れているし。夢乃がご奉仕してくれたら、明日も元気に仕事ができそう」

「え……本当ですか……」

「うん。してくれる？　夢乃」

声が艶っぽい……。男の人なのに、なんて色気のある目をするんだろう。

優の目を見ているだけでドキドキしてくる。こんな目をしてお願いされたら、ご奉仕でもなんでもしてしまうかもしれない。

（あれ……わたし……今すごいこと考えてない？）

自分の思考に戸惑いつつ、夢乃は優を見つめた。

「ご奉仕したら、元気になるんですか？」

「うん」

「わ……わかりました」

夢乃は優の下から抜け出して、ベッドに座る。恥ずかしさのあまり顔をそらし、ベッドを指差して言った。

「す、座ってします？　寝てします？」

「ん？」

「あの……優さんがお好みのほうで……」

こんなことにお好みの体勢があるのだろうかとも思うが、寝ようが座ろうが、どっちにしても恥ずかしいし照れくさい。

優が身体を起こした気配がする。ちらりと見ると、押し倒される前と同じようにベッドに腰掛けていた。彼は座った状態でのほうがいいのだろうか。夢乃はベッドから下り、彼の両脚のあいだに膝をつく。

「あ、あの……ご存じでしょうが、初めてなので、上手《うま》くできませんからね」

「なにが？」

「……あとになって、がっかりしたりしないでくださいね」

照れ隠しに口を動かしながら、おずおずと優のズボンに手を伸ばす。手が震えているせいか、上手《うま》くベルトが外せない。何度か繰り返してようやく外し、ズボンのファスナーに手をかける。

「夢乃」

「は、はいっ」

「えっち」

真面目な声で言われ、抑え込んでいた羞恥心《しゅうちしん》が爆発した。ついムキになって反論してしまう。

「自分で言っておきながら、なんてこと言うんですかぁっ！」

「まだ風呂入ってないぞ。いいのか」

「だ、だって、ご奉仕してって言ったじゃないですか」

「風呂で背中でも流してもらおうかなって、思ってたんだけど？」

夢乃は優の脚のあいだで膝立ちになったまま呆然とする。

——とんだ勘違いである。

すると、優がニヤッと口角を上げた。

「夢乃は考えすぎというかなんというか、俺が言ったことを、ときどきいやらしい意味で勘違いするよな」

図星なだけに恥ずかしい。夢乃はちょっとムキになった。

「もう！　優さんの言いかたが悪いんじゃないですか。唇を触りながら『ご奉仕』とか言われたら、そっちの意味なのかと思うじゃないですか……」

「そっち、って？」

「い、……言いません」

夢乃はなんとなく顔をそらす。からかわれているような気がして、悔しい。

「す、優さんはですねっ。思えば最初からそうだったんですっ。仮眠室でいきなり抱きついて寝ていたときも『君の抱き心地は最高だ』とか……」

「本当のことだからしようがない」

「そのあとも……『君の身体は最高だ』とか……」

「それも本当のことだな」

「あまつさえ……『帰って早く抱かせろ』……とか」

「正直だろう？　嘘偽りは一切ない」

実際彼が言った言葉を並べたててみるが、言いかたが悪いどころか真顔で正当性を主張されてしまった。夢乃は顔を向けて最後の抵抗に出る。

「とてもじゃないけど、抱き枕役の話だとは思えないじゃないですかっ」

「仕方がないだろうっ。俺にとって、夢乃の身体は最高の抱き心地なんだから。正直に言ってなにが悪い」

とんでもなく力説され、……夢乃は続く言葉が出ない……

（嬉しいけど……嬉しいけど……、照れますよ、優さん！）

たった一言で論破されてしまった気がする。無言でただ頬を熱くしている夢乃に、優が顔を近づけた。

「俺が言った、正確な、ご奉仕内容聞いていた？　ご奉仕してくれる？　もちろん、今夜は抱き枕までのフルコース」

「……疲れているんじゃないですか？」

「だから、夢乃を抱きたい」

おずおずと出した言葉に帰ってくるのは、爽《さわ》やかな笑顔と軽やかな即決だ。夢乃は照れつつも立ち上がって優の片手を掴《つか》む。

「わかりました。じゃあ、お風呂行きましょう。背中、流してあげますから」

「背中だけ？」

「どこまで洗ってほしいんですか？」

「全身」

「……あの……、最初から『一緒に風呂に入ろう』って言ってくれればよかったような気がしますけど……」

「ご奉仕って言ったほうが、なんか楽しそうでいいかと思って」

「意地悪ですよ優さん」

　拗《す》ねたようにぷうっと頬をふくらませる夢乃を見てクスリと笑い、優も立ち上がる。掴《つか》まれていた手を握り返し、逆に夢乃を引っ張って歩き出した。

「夢乃が、会社のみんなのことを考えて俺の講演を聞かせてやりたいだなんて、嬉しいじゃないか。ものすごくやる気が出てくるし、いい気分だ」

「当然じゃないですか。優さんは会社にとって大事な人で、みんなの憧れの人なんですから。でも、プライベートではわたしの王子様ですからね」

「また夢乃は。そうやって俺を煽《あお》る」

「あ、煽《あお》ってませんよ」

　手を引かれたままバスルームのドアをくぐる。入った途端に脱衣所の壁へ押しつけられ、唇を奪われた。

　食《は》むように吸いつかれすぐに舌を絡《から》められる。くちゅくちゅと吸いつくリズムがなんとなく楽しげに思えた。

「いっぱいご奉仕してもらって、夢乃を抱き枕にして眠る。いい夜になりそうだ。講演も張り切るから期待していろ」

「ありがとうございます……。わたしも、優さんの講演が聞けて嬉しい。楽しみです」

「俺も楽しみ。もー、あんなことやこんなこと、いろいろしてもらおう」

「な、なにをさせるつもりですか……」

「ご奉仕」

語尾にハートマークがつきそうなほどご機嫌な顔で言われ、夢乃はときめくべきが、おびえるべきか悩む。

とにもかくにも――

今夜はドキドキするほどのご奉仕のあと、夢乃だけの眠り王子と、お互いを抱き枕に幸せな夢が見られそうである。

書き下ろし番外編

眠り王子の壮大な計画

株式会社ナチュラルスリーパー副社長、蔵光優には、壮大な計画がある……

それは、これからの彼の人生における、平和、平穏、安眠のためにも、とても大切なことだった。

決して失敗はできないミッションなのである。

「夢乃が作る味噌汁は、本当に美味《おい》しいですね、お義兄《にい》さん」

汁椀を片手に、優はにっこりと微笑む。

社内はもとより、社外でも大変な人気者で評価の高いナチュラルスリーパーの眠り王子。彼に笑顔で話しかけられて見惚《みと》れない者などいない。結婚間近の婚約者、長谷川夢乃でさえ、こうして隣に座って見ているだけでうっとりしてしまうのだ。

間違っても不快になって怒りだすような罰当《ばちあ》たりはいない。

――この男を除いては……

「お義兄《にい》さんって呼ぶな!」

眉間《みけん》に青筋を立て、テーブルをバンッと叩いて勢いよく立ちあがったのは、夢乃の兄、長谷川慎一郎である。

しかしその勢いで、かわいい妹特製〝お兄ちゃんが好きなシジミのお味噌汁〟のお椀が倒れそうになり、慌てて両手で押さえ、事なきを得た。

慎一郎が一人暮らしをしているマンションのリビング、そのダイニングテーブルに三人がそろっていた。

慎一郎が夢乃の味噌汁を飲みたいと言ったことから、お兄ちゃんのためと張り切った夢乃が作りに訪れたのである。

ただ、優までくっついてくることは、予想はしていたかもしれないが、慎一郎の望まぬ出来事だっただろう。

おまけに出来上がった夢乃特製お味噌汁を、こうして男二人が差し向かいで味見することになるとは……。

「おやおや、お義兄《にい》さん、大丈夫ですか？　こぼれなくてよかったですね」

悪気はない。……少なくともそう見える優を、慎一郎は目を三角にして睨《にら》みつける。

「気色悪い呼びかたをするなと言っているっ」

「気色悪いとは？　おかしな呼びかたをした覚えはありませんよ、お義兄《にい》さん」

「それが気色悪いと言ってるんだ。なんでおまえなんかに兄呼ばわり……」

「お義兄《にい》さんじゃないですか」

汁椀をテーブルに置き、優は隣でハラハラしながら二人を見ている夢乃の肩を抱き寄せる。

「俺の大切な妻のお兄さんですから。俺にとっては大切な大切な大切な大切なお義兄《にい》さんです」

「まだ結婚してないだろうがっ。おまえにそんなに大切を連呼されたら、ストレスで寝不足になりそうだ」

「それは大変だ。そんなお義兄《にい》さんには当社の枕をプレゼントしますよ。安眠効果抜群〝夢のネムリ〟っていうんですよ。……ああ、これは俺と夢乃の初めての共同作業の賜《たま》物《もの》で……」

「ったくぅ、帰れ、おまえらっ」

このままでは兄の血圧が上がりすぎて倒れてしまう。そう悟った夢乃は優の腕をすり抜けて立ち上がり、「まぁまぁ」と手を下に振って兄を宥《なだ》めようとする。

「そんなに興奮しないでよ、お兄ちゃん。優さんの顔を見ると人が変わるんだから。……仲いいなぁ」

「い　く　な　いっ！」

慎一郎からは速攻で否定されるものの、優は無言で味噌汁を啜《すす》っている。

「せっかく久しぶりにお味噌汁を作りに来たんだし、明日の朝の分もあるから、たくさん食べてね。わたしのお味噌汁が食べたいって言われたとき、すっごく嬉しかったよ」

　肩をすくめ、かわいらしくはにかむ妹。かつて、お兄ちゃんはわたしが頼りないから子ども扱いばかりする、と誤解をさせたほど妹に構いたい実は過保護な兄が、これに反応しないはずがない。

　慎一郎はストンと椅子に腰を下ろすと、箸《はし》と汁椀を手にとる。

「食べる」

「うん。シジミの殻《から》は、そっちの小さな容器に出してね。お味噌汁は余ると思うから、寝るときにお鍋ごと冷蔵庫に入れてね。どうせ冷蔵庫ほとんどカラでしょ」

「大丈夫だ。余らない」

「いっぱいあるんだから、一晩で食べたらお腹壊すよ？」

「壊さない。いまだかつて、夢乃が作ったもので腹を壊したことはない。賞味期限切れの食パンで作ってくれたフレンチトーストだって大丈夫だった」

「お、お兄ちゃん……、でも、ありがとうね」

　かわいい妹の参入により、たちまち慎一郎の機嫌はよくなる。お花が飛びそうな勢いで交わされる兄妹《きょうだい》の会話。会社ではやり手の敏腕部長である慎一郎だが、妹の夢乃にかかると、この三十二歳の兄がめろっめろである。

だが、この光景を、非常に面白くない気持ちで眺める者がいる。

「はいはい、お義兄《にい》さん、こっちがシジミの殻《から》を入れる容器ですよ。そのまま食べちゃ駄目ですよ。いくらかわいい妹が作った味噌汁の具でも」

シジミの殻《から》用に出してあった小さな容器を、どんっと慎一郎の前に置き、優は自分のお椀をキッチンへ運び、さっさと洗いはじめてしまう。

「すっ優さんっ、そんなのわたしが……」

慌てたのは夢乃である。優は食事の後片づけも洗い物もするし、夢乃は常々「いい旦那さんですね」と声に出して彼を褒《ほ》めてはいる。しかし、これを兄の前でやられてしまうのは気まずい。

というのも、慎一郎はどちらかといえば、家事は男の仕事ではないと思っているフシがあるからだ。「男に洗い物をさせているのか？　なんだ、副社長殿は早くも尻に敷かれているのか？」と言われるかと思うとヒヤヒヤする。

慌ててキッチンへ入ってきた夢乃を見て、優はニコリと微笑んだ。

「いいんだ、夢乃。いつもやっていることだろう？」

「そ、それはそうなんですけど……」

「お義兄《にい》さんの前だからって遠慮することはない。俺はリビングだろうとキッチンだろうと、バスルームだろうと寝室だろうと、夢乃と同じ場所にいたいんだ」

前のふたつはいい。しかしあとのふたつは人様の前で堂々と言うことではない。

夢乃は瞬時に赤くなるが、すべて聞き逃さずキッチンに飛び込んできた慎一郎が二人のあいだに割り込んだ。

「夢乃、ごちそうさん、美味《うま》かった」

「う、うん、ありがとう。よかった」

「持ち帰りの仕事をしながらゆっくり食うから。せっかく作ってもらっただし。……まぁ、一杯分、誰かさんに食われたけど……」

ちらりと優を見た慎一郎の目が据《す》わっている。しかし優はそんなもの歯牙《しが》にもかけず、に～っこりっ、笑顔を作った。

「美味《おい》しかったですね。お義兄《にい》さん」

「だから、お義兄《にい》さんは……」

「お義兄《にい》さんにも、早く美味《おい》しい美味《おい》しいお味噌汁を、毎日朝晩お腹壊すほど作ってくれる相手が見つかるといいですね。いつまでも妹に作りにきてもらうわけにもいきませんしね」

もっともだ。

……もっとも、なの、だが……

今のは効いたのだろう。仕事一筋の敏腕部長、見た目クールな男前だが、結婚後は亭主関白間違いなしな雰囲気を漂わせる彼に、浮いた噂話は……一切、ない。

「お……おにいちゃんっ、だ、大丈夫だよっ、わたしが……！」

「さぁぁ、夢乃ぉ、俺たちはそろそろ帰ろうかっ」

思った以上の打撃を喰《く》らったらしく、慎一郎は言葉もなく固まってしまった。

本人、意外と繊細なのでは……

そんなことをチラッと思うも、ここで計画を中断するわけにはいかない。この話題は、出す必要があったものだ。

自分で自分を納得させ、優は夢乃の肩を抱く。あたふたする彼女のかわいらしさに気持ちを和《なご》ませてから、表情を引き締めて慎一郎を見た。

「ではお義兄《にい》さん、俺たちはこれで失礼しますね」

「あ、ああ……、気をつけて帰れ」

いつもなら「さっさと帰れ」と怒鳴られたことだろう。優はひそかにほくそ笑む。なんというういいタイミングだろう。この状態の慎一郎にヒットすれば、成功は間違いなしだ。

「実は、今日はお義兄《にい》さんにお土産《みやげ》を持参していまして。テーブルの上に置いておきますので、俺たちが帰ったらすぐに見てください。生ものです。くれぐれも放置しないでください」

「……わかった……。ありがとう」

優の言いかたから、日持ちのしない和洋菓子、または生鮮食品を想像したのかもしれない。

おとなしくなった慎一郎を刺激しないよう、あくまで穏やかに、優は兄が気になる夢乃を連れてマンションを出たのである。

優は成功を確信する。

あの慎一郎の様子を見ても、間違いなく計画通りに進むだろう。

そう考えると気分がいい。優のご機嫌を悟ったか、ベッドの中で夢乃がおそるおそる聞いてきた。

「優さん？　ご機嫌ですか？」

「そう見える？」

「はい、お兄ちゃんのところへ行く前は、帰ってきたらすぐに寝るって言ってた……のに……」

「ん～？」

なにか言いたげな夢乃をわざとじらし、優は横向きでうしろから抱きしめた夢乃の身体を両手でまさぐる。パジャマのボタンを外すのももどかしく、上衣の裾から手を入れて素肌を撫でまわした。

「……今夜は……シないんだなって、思ってたんですけど……」

「気分がいいし、夢乃がかわいいから、する」

夢乃の耳朶《じだ》を甘噛みし、耳元で囁《ささや》く。さっそく反応してプルプル震えてくれるところが、優にとってはたまらなくかわいいのである。

「すぐる……さん……」

甘えた声が、またとんでもなくゾクゾクくる。ちらりと上目遣いに優を見た夢乃が、片手をパジャマのボタンの辺りでもぞもぞ動かす。

脱がせてほしいんだなと察しはつくが、優はわざとじらしてパジャマをたくし上げ、窮屈《きゅうくつ》そうに胸の裾野に触れた。

「ん、ん……」

もどかしいとばかりに身悶《みもだ》えする反応がたまらない。

夢乃は超絶かわいいし、計画は上手くいきそうだし、優の気分は最高潮だ。

「あー、いい気分だ」

今の気持ちを口にして、夢乃をぎゅっと抱きしめる。すると、じれったそうな視線が振り向いた。

「お兄ちゃんを言い負かしたからですか？」

「そう思う？」

「すごく思います」

　こうして二人が結婚間近の状態になるまで、夢乃は、優VS慎一郎の戦いを見続けてきた。そう思ってしまうのも無理はない。

「あんまりお兄ちゃんをいじめないでくださいね。ああ見えて、優さんみたいな優秀すぎる義弟《おとうと》ができるの、すっごく自慢に思ってると思うし」

「そうかな？」

「そうですよ。じゃなかったら、優さんからなにかをもらって『ありがとう』なんて……、あ、そういえば、お兄ちゃんのところになにを置いてきたんですか？　お土産《みやげ》を持っていくなんて聞いてなかったから……」

「見合い写真」

　あまりにも気分がよくて、優の口はさっさと真相を漏《も》らしてしまう。もちろん、驚いたのは夢乃だ。

「お、お見合い……!?　なんでっ……!?」

「なんで、って。必要だろう？　お義兄《にい》さんは俺より年上だし、味噌汁を作ってくれる妹は嫁に行くし」

「よ、嫁って言っても……別に遠くへ行くわけじゃないし、お味噌汁くらい作りに行ってあげられるし……。お兄ちゃんは仕事が大好きな人で、そんな、女の人とつきあっている暇なんか……ましてやお見合いなんか……、もぉぉっ、優さんっ、なんてことをしてくれたんですかぁっ」

ぶつぶつと言っていた夢乃だったが、優の手を振りほどく勢いでぐるっと身体を彼のほうへ向け、猛然と反抗した。

「よりによってお見合いとかぁ。お兄ちゃん、さすがに今日は考えちゃったみたいだし。義弟《おとうと》に先を越されているのは年上のプライドがチクチクするんだろうし、そんなところに付け込むなんて！」

「待て、夢乃、これでお義兄《にい》さんが幸せになるなら、いいんじゃないのか？」

「わたしが認めた女の人じゃなくちゃ、駄目！」

優は目をぱちくりとさせる。

虚《きょ》を衝《つ》かれた彼に構わず、夢乃はパジャマを直しながらサッサとベッドを出てしまった。

「わたし、ちょっと電話してきます！　どんな女の人なのか聞かなくちゃ！」

寝室を飛び出していく夢乃を、優は呆然と見送り……ハァっと大きな溜《た》め息をついた。

「……似たもの兄妹《きょうだい》……」

なんということだ。あの兄にして、この妹あり……

なんだかんだと言いながら妹かわいいかわいいの不器用な過保護兄に、それを上回る恋人でもできれば、妹に構うことも少なくなるだろう。

……そんな思惑があって、慎一郎の文句が出ないようなお見合いを三つほど用意したというのに。

どうやら夢乃の、お兄ちゃん大事精神に火を点《つ》けてしまったようだ。

ベッドからむくっと上半身を起こし、再度溜《た》め息をつく。

「……考えたら、眠れなくなりそうだ……」

眠り王子の不眠症、再発待ったなし、かもしれない……

恋愛小説「エタニティブックス」の人気作を漫画化!

Eternity COMICS

甘いトモダチ関係

漫画 はちくもりん Rin Hachikumo
原作 玉紀直 Nao Tamaki

東野朱莉《ひがしのあかり》と三宮征司《さんのみやせいじ》は、大学の同級生で十年来の親友。今は同じ職場で働いており、仕事でもプライベートでも息がぴったり。朱莉はこれからもそんな関係が続くと思っていたのだけれど……。ある日突然、征司から告白されちゃった!?
さらには野獣のように激しく迫られて――。

B6判 定価:704円(10%税込) ISBN 978-4-434-22072-2

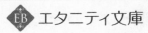

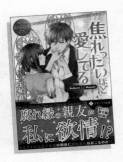

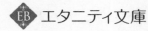

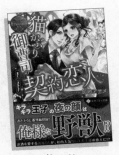

EB エタニティ文庫

契約同居のはずが愛され尽くして……!?

ETERNITY Rouge

エタニティ文庫・赤

デビルな社長と密着24時

七福《しちふく》さゆり　　装丁イラスト／一味ゆづる

文庫本／定価：704円（10% 税込）

コスプレが趣味の一花《いちか》の前に、ある日、大好きなゲームキャラに激似のイケメンが現れた！　彼は、有名アパレル会社の社長兼デザイナーの円城寺昴《すばる》。彼に見初められ（？）、一花は期間限定の契約同居をすることに。普段は意地悪だけど、ふとした時に見せる包容力に、いつしか心がときめいて——!?

※エタニティブックスは大人の女性のための恋愛小説レーベルです。ロゴマークの色で性描写の有無を判断することができます（赤・一定以上の性描写あり、ロゼ・性描写あり、白・性描写なし）。

詳しくは公式サイトにてご確認ください。
https://eternity.alphapolis.co.jp

携帯サイトはこちらから！

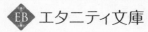

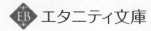

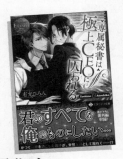

本書は、2017 年 5 月当社より単行本として刊行されたものに、書き下ろしを加えて文庫化したものです。


この作品に対する皆様のご意見・ご感想をお待ちしております。

おハガキ・お手紙は以下の宛先にお送りください。

【宛先】

〒150-6008 東京都渋谷区恵比寿 4-20-3 恵比寿ｶﾞｰﾃﾞﾝﾌﾟﾚｲｽﾀﾜｰ 8F
（株）アルファポリス　書籍感想係

メールフォームでのご意見・ご感想は右のＱＲコードから、
あるいは以下のワードで検索をかけてください。

アルファポリス　書籍の感想　検索

ご感想はこちらから

エタニティ文庫

眠《ねむ》り王子《おうじ》の抱《だ》き枕《まくら》

玉紀《たまき》 直《なお》

2021年4月15日初版発行

文庫編集－熊澤菜々子・倉持真理
編集長－塙綾子
発行者－梶本雄介
発行所－株式会社アルファポリス
〒150-6008 東京都渋谷区恵比寿4-20-3 恵比寿ｶﾞｰﾃﾞﾝﾌﾟﾚｲｽﾀﾜｰ8F
TEL 03-6277-1601（営業） 03-6277-1602（編集）
URL https://www.alphapolis.co.jp/
発売元－株式会社星雲社（共同出版社・流通責任出版社）
〒112-0005 東京都文京区水道1-3-30
TEL 03-3868-3275
装丁イラスト－青井みと
装丁デザイン－ansyyqdesign
印刷－中央精版印刷株式会社

価格はカバーに表示されてあります。

落丁乱丁の場合はアルファポリスまでご連絡ください。

送料は小社負担でお取り替えします。


ISBN978-4-434-27867-9 C0193